Benoît R. Sorel

SAINT-LÔ FUTUR

– BoD –

© 2019, Benoît R. Sorel

Edition : Books on Demand,
12/14 rond-Point des Champs-Elysées, 75008 Paris
Impression : BoD - Books on Demand, Norderstedt, Allemagne
ISBN : 9782322151493
Dépôt légal : Février 2019

Le départ

Léa ferma la porte du salon sans faire de bruit, donna deux tours de clé et s'engagea d'un pas souple et rapide dans la rue de la Chancellerie puis dans la rue Carnot. Déjà sept heures ; il ne fallait pas traîner. L'antique clé, longue d'une dizaine de centimètres, bringuebalait dans sa poche. Cette heure tardive était un avantage, personne n'allait s'amuser à la dévisager ou à la suivre. En ce mois de décembre, la chaleur surprenait tout le monde dès le lever du soleil. C'était comme un coup de massue. Alors quand le ciel s'éclaircissait à la fin de la nuit, les rues se vidaient de toute forme humaine. Les bonnes mères, prévoyantes, n'attendaient même pas ce moment-là pour rentrer avec leur progéniture dans la fraîcheur de leur maison géothermique. Ou, pour les plus fortunés, dans leur maison troglodyte du niveau moins deux dans les souterrains.

Il fallait que Léa soit à Paris avant neuf heures. Elle longea le mur de l'église Notre Dame. Çà et là des tas de sable poussiéreux apparaissaient. Se formaient. Sans s'arrêter de marcher elle les regarda, mais sans les voir, comme on regarde ces choses qu'on voit chaque jour dans le flot de la routine. À chaque fois, ces tas de sable lui rappelaient son enfance et son passage à l'âge adulte. Pourquoi ces tas disparaissaient et réapparaissaient avait fait partie des petits mystères de son enfance. De ces petits mystères dont les enfants aiment s'entourer, pour grandir dans un monde plus beau, plus magique, où tout est possible… Un jour, elle avait un compris pourquoi et comment ces tas apparaissaient, grossissaient puis disparaissaient, et elle s'était sentie devenir mature. À la fierté de la compréhension s'était mêlée un peu de tristesse. La perte d'une certaine joie de vivre.

Tout en marchant rapidement, elle se remémora ce passage de sa vie. Elle avait regardé ces tas de sable chaque fois qu'elle allait et revenait de l'école. Ces petits tas de sable, presque de la poussière, étaient d'abord insignifiants. Quelques jours après, ils étaient plus haut et un mois plus tard ils étaient devenus des monticules de sable lourd dépassant les deux mètres de hauteur. Chaque fois que le vent revenait, dans la journée, ses tourbillons dispersaient un peu du sable du parvis de l'église jusqu'au pied des murs de la rue Carnot, ce qui faisait grandir les tas. Sur le chemin de l'école, elle aimait se jeter à plein corps sur les plus grands tas, aussi haut que possible, pour se sentir ensuite glisser vers le sol. Et en même temps pour entendre la voix de son père ou de sa mère lui faire la remontrance : « Tu auras du sable dans tes vêtements, tu sais bien que la maîtresse n'aime pas ça ! » En revenant de l'école, certains jours, les tas n'étaient plus là. Léa regardait les emplacements vides, avec des yeux tout aussi vides de compréhension. À la naissance de la nuit en allant à l'école, ils étaient là. À la dissipation de la nuit ils n'y étaient plus. Pourquoi ? Adolescente, son emploi du temps scolaire plus souple lui avait enfin permis d'aller se promener en ville au cœur de la nuit. Comme tout le monde. Et le mystère des tas de sable qui disparaissent n'en fut plus un. Une fois par mois, vers deux heures de la nuit, les balayeurs municipaux, par flegmatisme et par souci de garder leur emploi, arrivaient en groupe, munis de pelles. Ils pelletaient les tas et ramenaient tout le sable sur le parvis de l'église, en l'étalant. Quand il y en avait vraiment trop, ils poussaient le sable dans les ouvertures des remparts, et le sable tombait au pied des remparts où il s'accumulait. Le mystère de son enfance s'était alors envolé ! Elle n'avait pas pu le retenir ; elle avait compris que les mystères étaient une création humaine. Elle s'était créé son propre mystère. Léa s'était senti devenir adulte.

Léa se rappela aussi que, étant enfant, les quantités de sable accumulées au pied des remparts étaient insignifiantes. Aujourd'hui, en fonction des vents, le sable atteignait parfois la mi-hauteur. Sur ces pensées, elle arriva à la place du général de Gaulle. Certes, la station de sphères était plus grande et plus confortable au champ de Mars, et la vue sur la ville était totale, mais elle était trop moderne, trop « neuve », à son goût. Les deux stations avaient été construites en même temps, en 2038, mais Léa préférait sans conteste la station de Gaulle. Cette station ressemblait à un arbre grand et solide, au magnifique tronc blanc. Un gigantesque arbre protecteur. Au niveau du sol, sur une très large assise, la structure en biopolymère et en béton alvéolé s'élevait vers le ciel comme les arbres de naguère. Le « tronc » de biopolymères était creux : à l'intérieur se trouvait la porterie de l'ancienne prison. C'était le vestige d'un énorme bâtiment détruit durant les bombardements du siècle dernier. Parfois une cérémonie de commémoration était célébrée devant ce monument ; à chaque fois il se trouvait quelque bonne âme pour rappeler à ces nostalgiques qu'on avait vécu mille fois pire depuis la révolution climatique.

Tout autour donc, les fibres et les piliers en matériaux modernes de la station s'élevaient en spirale vers les hauteurs, entourant le monument comme un cocon protecteur. Le préservant des assauts de la chaleur, du vent et du sable. Le conservant à l'abri pour les générations futures.

Léa pénétra dans le « tronc » par l'entrée nord. C'était la seule entrée ouverte jusqu'à l'aube, afin de permettre à d'éventuels étourdis de rentrer in extremis avant l'apparition du soleil ! À l'intérieur, arrivée au pied du monument commémoratif, elle leva la tête. Les lumières à accumulateur solaire éclairaient toute la colonne intérieure, avec ses escaliers en spirale qui s'élevaient jusqu'aux différentes plateformes de départ et d'arrivée, les premières à une trentaine de mètres de hauteur, bien au-dessus de la « toiture » de l'ancienne porterie. Durant la journée, ces lumières artificielles étaient éteintes ; la lumière solaire, convenablement filtrée, traversait les biomatériaux du tronc et descendait comme une fontaine paisible sur le monument. Comme une fontaine de lumière, dont on n'avait pas besoin de se méfier. La station De Gaulle était un lieu où on pouvait presque aimer à nouveau cette lumière.

Léa avait découvert la lumière solaire à l'adolescence, comme tous les enfants de la révolution climatique nés au début des années vingt. Enfant, ses parents ne l'autorisaient jamais à sortir en plein jour, même pour de courtes distances et convenablement protégée. Sa famille et elle avaient vécu dans un petit immeuble sur les bords de la Vire. De la rivière, où il y a trente ans encore coulait de l'eau, jusqu'au pied des remparts et l'entrée des souterrains, il y avait trois cents mètres. Ces petits trois cents mètres exposaient déjà à un risque cancérigène de niveau UV-max 4. Et les premiers vents de sable, même si avant 2030 ils n'étaient pas aussi fréquents qu'aujourd'hui, étaient déjà asphyxiants sans protection adéquate. Ses parents ne voulaient donc pas prendre ces risques ; la petite famille ne sortait que la nuit pour rejoindre les souterrains. Bien sûr, le petit appartement familial construit en 2010 n'avait aucune protection particulière. Les volets devaient demeurer fermés en permanence. La petite famille se sentait même plus en sécurité dans les souterrains ! Pour aller à l'école, Léa avec sa mère ou son père parcouraient précisément cinq cents mètres de souterrain, puis ils prenaient l'ascenseur qui débouchait rue de la Chancellerie. Non loin d'où vivait Léa maintenant.

Le passé voulait ressurgir avec insistance aujourd'hui. Léa n'avait pas besoin de ça, car elle devait se concentrer sur sa mission. Était-ce parce que cette mission allait tracer une ligne entre le passé et l'avenir ? Un avenir qui l'éloignerait du souvenir de ses parents... Léa s'arrêta un instant au pied des escaliers, qui montaient en spirale à l'intérieur de la blanche station. Elle ferma les yeux, inspira longuement, expira. Elle fut prise d'un tremblement, puis elle sourit. D'un pas svelte et rapide, elle gravit les escaliers. Elle laissa courir sa main droite contre la paroi blanche qui était fraîche et légèrement humide. Ce contact était rassurant. C'était doux et agréable, mais surtout c'était la preuve que notre espèce avait su s'adapter et relever cet énorme défi de la révolution climatique. Léa monta d'une spire d'escalier, puis de deux, puis de trois et elle quitta l'escalier pour s'enfoncer dans une ouverture dans la paroi. Là, un automaton accueillait les voyageurs. C'était un automaton modèle 2036, du genre boîte de conserve parlante. Elle présenta son poignet devant son « visage », qui était équipé d'« yeux », deux diodes en fait, à fonction de scanner. Et elle indiqua d'une voie claire sa destination. Elle se fit prélever le montant du voyage via son identité Globalink. Son identité vérifiée, le paiement fut accepté. L'automaton lui adressa un merci laconique et lui ouvrit la porte de la plateforme. Cette porte, épaisse comme toutes les portes conformes au contact aérien diurne, s'ouvrit sans bruit, et les lumières de l'éclairage nocturne de la ville se projetèrent sur son visage. Elle aimait vraiment cet instant, quand on sort du tronc protecteur pour marcher sur les branches ! On avait eu raison de surnommer cette station « L'arbre de vie ». Son tronc en biomatériaux de fibres de différentes épaisseurs prenait racine sous la place du général. Il émergeait de terre en englobant les restes de la vieille prison. Sa blancheur s'élevait jusqu'à une centaine de mètres au-dessus du sol ! À partir de vingt mètres, également arrimées en spirale tout autour du tronc, les plateformes à sphères se succédaient. Les passerelles, longues de sept à huit mètres, faisaient penser à des branches. Et les plateformes, faites d'une matière plus sombre et avec des reflets parfois verts juste avant la naissance de la nuit, rappelaient le feuillage d'un arbre. Elles étaient pareilles à des feuilles géantes. Bien sûr, ces plateformes ressemblaient plutôt aux antiques plateformes à hélicoptère, mais de nos jours, un peu de poésie était bienvenue ! Léa traversa donc la passerelle encadrée de rambardes aux formes fluides, quasi végétales, et arriva sur la plateforme proprement dite. C'était bien mieux que de devoir partir de jour : dans ce cas il fallait utiliser les passerelles fermées, et on avait la sensation de se « glisser dans le tube avant de tomber dans la bulle », comme le disait l'expression consacrée. De se glisser dans un tube de phloème, pensa-t-elle en souriant. Un tube où la sève, autrefois, circulait dans les arbres. L'imagination, toujours, la portait. Et dire qu'auparavant il y avait de vrais arbres, en nombre infini, soupira Léa en elle-même.

Le voyage

Sur le bord de la plateforme, trois autres voyageurs attendaient d'embarquer. Le départ était programmé dans deux minutes, aussi allait-elle avec un peu de chance pouvoir voyager assise. Ce n'était pas agréable de rester debout, à côte de voyageurs assis, à lorgner par-dessus leurs épaules et ausculter leurs chevelures plus ou moins propres. Elle entendit derrière elle la paroi qui s'ouvrait et se refermait. L'automaton avançait vers la plateforme, ce qui signifiait que l'embarquement était clos ; ils ne seraient donc que quatre voyageurs, tant mieux ! L'automaton se dirigea vers un pupitre de contrôle, appuya sur quelques commandes et la sphère se mit à résonner.

La sphère. C'était vraiment un superbe moyen de déplacement. Son moteur à gravité contrôlée, non, à densité de matière plus précisément, se remémora Léa, vous amenait à l'autre bout de la terre en à peine une heure ! Cette sphère faisait environ quatre mètres de diamètre. Sa surface était comme du métal, même si ce n'en était pas. Léa n'était pas forte en savoirs techniques, tout au contraire, mais elle savait au moins ça. Le contour d'une porte se dessina à la surface de la sphère, et une ouverture apparut. Comme si la matière avait disparu, tout simplement. Les voyageurs entrèrent, prirent place dans des fauteuils confortables et la « porte » se referma. Une fois bien assise, Léa sentit une première vibration. Dans cette sphère de transport quotidien, il n'y avait rien d'autre que dix fauteuils et une grosse diode lumineuse sur une paroi. La diode venait de s'allumer, couleur orange. Elle passa au vert, et une « fenêtre » s'ouvrit dans la paroi. Ce n'était pas une vraie fenêtre, bien sûr, mais au moins procurait-elle aux passagers la vue sur le monde extérieur. Saint-Lô apparaissait en contre-bas. La sphère avait déjà pris de l'altitude. Encore une légère vibration, la diode repassa à l'orange. Léa sentit une accélération, sans pour autant en ressentir la puissance. La sphère survolait maintenant les nuages, l'ascension était accomplie. Sur la paroi, les chiffres de l'altitude apparurent : 1500 mètres. Heureusement que c'était un de ces nouveaux modèles de sphères ! Les anciens vous donnaient l'impression d'une accélération fulgurante. Même si votre corps n'en souffrait aucun effet, aucune conséquence, cette sensation pouvait être déroutante. Léa préférait les nouveaux modèles. En regardant à travers la « fenêtre », Léa eut la chance d'apercevoir la Lune. Elle était presque pleine, et sa douce lumière se reflétait sur les nuages. Des nuages vides de toute eau, elle le savait. Mais ces nuages étaient le souvenir que des jours meilleurs avaient existé, et que des jours meilleurs pourraient revenir. Un jour… elle en avait l'espoir. Et la détermination ! Perçant à travers les nuages, elle aperçut la structure de l'autre station de sphères de Saint-Lô, la station du champ de Mars. Elle était plus haute, plus rectiligne, plus rigide, plus rationnelle et pratique, elle était grise, bref elle était conforme à l'état d'esprit d'aujourd'hui : rendement et efficacité. Léa préférait de loin la station De Gaulle. La beauté n'était pas un luxe, jamais, même si les directives centrales faisaient de plus en plus oublier aux gens cette part de leur humanité.

La diode passa au vert. Léa sentit une douce vibration, puis une douce accélération. La diode passa au rouge : la sphère entamait maintenant sa poussée maximale. L'accélération était totale, inimaginable, elle le savait. Pourtant elle ne voyait aucun changement à travers la « fenêtre ». La station du champ de Mars restait visible toujours à la même distance. Mais Léa savait que l'espace se contractait, se rapetissait, tout autour de la sphère. Des forces immenses se déployaient à partir de son moteur à densité de matière. Ce moteur pliait l'espace et le temps à sa volonté. Et tout d'un coup, la vue à travers la fenêtre se modifia. Léa et les autres passagers ne virent plus que des lignes horizontales, avec quelques flashs de couleur. L'espace s'était contracté ; la sphère en était devenue le centre. Et tout aussi soudainement, des bâtiments prirent forme. Une tour, c'était une tour ! Puis une seconde tour. L'image, la vue, était encore floue. C'était les bâtiments du quartier de la Défense, à Paris, sans aucun doute. Ça faisait si longtemps que Léa n'était pas venue à Paris. Les contours des bâtiments, sans pour autant augmenter de taille, devinrent de plus en plus précis. Et la sphère se matérialisa tout à fait au-dessus de Paris. La diode passa au vert. La vue de la fenêtre changea d'angle, Léa sentit une douce descente s'amorcer, la station de destination apparut.

Quelques instants après, Léa et les autres passagers sortaient de la sphère. Plateformes et passerelles en acier riveté, angles marqués, couleur marron caractéristique. Au-dessous d'eux, les lumières de la ville centrale brillaient. Un triangle brillant se détachait : la pyramide du Louvre. La station Eiffel était vraiment une des stations avec la meilleure vue panoramique.

Paris

7h30. Elle en avait vraiment envie : descendre la tour Eiffel en prenant les escaliers ! Cela lui prendrait une bonne demi-heure, et elle arriverait au sol avec les premières lueurs de la dissipation. Tant pis, c'était un risque qui en valait la peine. Ça l'aiderait sûrement à se calmer et à se concentrer. Au moment de la dissipation il pourrait y avoir des bousculades aux portes d'Infraparis, voire des émeutes. Mais cela ne devait pas lui faire renier son bonheur de descendre les grands escaliers. La dernière fois qu'elle les avait descendus, c'était avec son père. Son père…

Après avoir traversé la passerelle et rejoint le corps de la tour Eiffel, elle commença sa descente à pied, sautillant joyeusement de marche en marche. Durant dix minutes, elle ne croisa personne. Mais elle fut encore prise d'un tremblement. Du calme, souris Léa, souris ! Elle vit un ascenseur descendre à vive allure, bondé. Non merci. Elle appréciait chaque inspiration de l'air nocturne encore frais ; pourquoi vouloir s'entasser tant que la nuit dure ? On aurait toute la journée pour vivre entassés les uns sur les autres dans les souterrains et les bâtiments thermoprotégés. Sous elle, elle contemplait les lumières de la ville. Autrefois, il paraît que Paris était la ville-lumière. Il y faisait jour en pleine nuit, tant il y avait de lumières, dans les innombrables appartements et dans les rues. Maintenant, les nuits de Paris-surface étaient relativement obscures.

Les points de lumière étaient peu nombreux, mais ils couvraient une étendue immense. Que cette ville était grande. Trop grande ! Avec les premières et surtout les secondes vagues de réfugiés climatiques, toute la région d'Île-de-France avait été urbanisée. Chaque mètre carré servait à loger et à prodiguer du travail aux millions d'habitants originels et aux millions de réfugiés. Bien sûr, cet étalement et cette concentration avaient été inévitables. On avait fait pour le mieux. À Paris il y avait du travail pour tout le monde, et l'accès à Globalink était partout au standard 10G+. C'était super, la bande passante était quasiment infinie. Mais Léa préférait malgré tout sa petite ville, avec un accès à Globalink de moindre qualité, standard 8G seulement. Disons que Léa appréciait tout particulièrement que cet accès ne soit pas aussi complet que dans la capitale. Ça lui permettait de railler les technophiles avec leur devise « liberté technique – égalité technique – fraternité technique » ! Non messieurs et mesdames les apôtres du progrès technique infini : la technique a ses limites.

Comme toute ville de l'ancienne France située à plus de quarante mètres d'altitude, Saint-Lô avait aussi reçu sa quote-part de réfugiés climatiques. Quand la mer avalait un puis deux, puis dix puis quarante kilomètres de côte le long de tous les rivages de France, la population avait afflué vers les hauteurs. Le niveau de la mer était monté de trente-cinq mètres. Les années 2020 avaient été difficiles. Trente ans après, l'ancien monde n'était plus qu'un souvenir enfoui soit sous la mer, soit sous le sable. La révolution climatique avait modifié la surface de la Terre et les sociétés. Qu'elles aient étaient auparavant riches ou pauvres, industrialisées ou sous-développées, elles avaient toutes adopté une nouvelle organisation sociale identique pour survivre. Dans un antique livre de son père, Léa avait découvert d'étranges notions économiques telles que le « pib » et la

« dette nationale ». Elle avait commencé la lecture mais s'était arrêtée à la moitié de l'ouvrage : à quoi bon ? Il n'y a avait plus rien à
trouver dans ce passé.

L'organisation moderne reposait sur la vie nocturne et sur la vie
souterraine. Les journées étaient trop caniculaires pour permettre
aucune activité de plein air. Des masses d'air à plus de cinquante
degrés circulaient autour du globe, grandes comme des pays entiers.
Les vents étaient devenus des souffles brûlants et chargés de poussières ou de sables. On avait d'abord essayé de vivre la nuit, tout
simplement. Mais rapidement on comprit que cela ne suffirait pas.
Désormais, toute honte bue, l'humanité vivait autant que possible
sous terre et dans des bâtiments thermoprotégés. Les arbres et toute
autre forme de végétation avait disparu de la surface, soit en desséchant, soit par le feu. L'année 2022, l'année du feu ! Léa l'avait
appris à l'école. Les incendies immenses, sur toute la planète, dans
un ciel noir… Aujourd'hui les troncs nus et secs de quelques arbres
étaient encore visibles par endroit, dans ce qui avait été jadis des
jardins publics. Ils étaient protégés dans une bulle de bioverre thermorégulé, pour que leur bois sec ne s'enflamme pas spontanément.
Il ne fallait pas qu'on perde le souvenir de ce qu'étaient les arbres.
D'ailleurs, arrivée au deuxième étage de la tour Eiffel, Léa avisa une
affiche du muséum d'histoire naturelle. L'exposition actuelle était
dédiée aux jardins. Était entre autre reconstruit sur neuf mètres carrés une partie de l'ancien jardin du muséum, grâce aux graines que
les scientifiques du muséum avaient gardées. Cette reconstruction
était faite dans Infraparis bien sûr, au troisième niveau inférieur. À
- 100 mètres de profondeur, il y a deux ans la ville avait inauguré de
nouvelles salles. L'éclairage était tout ce qu'il y a de plus moderne,
et promettait une végétation luxuriante. Cette lumière, aussi proche
que possible de celle du soleil d'autrefois, prodiguait également une

certaine paix de l'âme aux habitants. Le nombre d'émeutes avait diminué. Seuls les riches habitants du deuxième niveau étaient mécontents, eux qui les premières années s'enorgueillissaient d'être aussi profonds que le permettaient les techniques d'alors.

Les temps étaient difficiles, mais les solutions existaient. La vie continuait.

Les plateformes à sphères étaient arrimées entre le troisième et le deuxième étage de la tour Eiffel. Léa continua à descendre, arriva au premier étage et enfin au niveau du sol et voilà ! Paris-surface, aux derniers instants avant la dissipation quotidienne ! Et il n'y avait déjà plus grand monde en surface. Elle prit la direction de la porte d'entrée la plus proche pour les souterrains d'Infraparis. En voyant les silhouettes des Parisiens, Léa soupira. Elle allait devoir les mettre, elle aussi, et cela lui faisait mal au cœur. Son port frontal n'était même pas opérationnel en 10G. Bien entendu ! Ç'aurait été contraire à ses convictions. Un couple marchait dans sa direction. Il était encore à vingt mètres d'elle, mais Léa voyait que les deux personnes la dévisageaient avec insistance. C'était bien ce qu'elle avait prévu : sur le visage de la femme et de l'homme, l'incompréhension était manifeste. L'homme ouvrait la bouche d'étonnement, et les traits de la femme, partiellement cachés derrière ses lunettes, indiquaient une réprobation certaine. Alors Léa ouvrit son sac et en sortit une paire de lunettes à la monture métallique brillante. Elle les mit sur son nez et appuya d'un petit mouvement sec la monture contre son front, juste entre les sourcils, là où le port frontal était incrusté sous la peau. Elle entendit un petit « clac », puis un « ding-dong » mélodieux résonna dans son oreille interne ; la monture des lunettes s'irisa, passa du rouge à l'orange puis au vert avant de revenir à la couleur initiale du métal : ça y est, elle était connectée à

Globalink. Elle adressa un grand sourire au couple éberlué, puis elle s'approcha de la porte d'entrée d'Infraparis, située dans la rue du Cadet Puteaux. De son regard elle visa le symbole au-dessus de la porte d'entrée, ce qui la fit s'ouvrir automatiquement. Il était 8h10, Léa s'engouffrait dans Infraparis, chaussée de ses lunettes à réalité augmentée et connectées en permanence à Globalink.

Infraparis avait été construit sous le Paris historique. C'était un réseau de rues souterraines larges et nombreuses, convenablement éclairées et biorégulées. Les traceurs souterrains, machines monstrueuses en partie conçues et pilotées par l'IA, avaient tout en même temps creusé et déposé les biomatériaux. Ces matériaux, correctement « nourris » en minéraux, avaient grandi pour devenir toutes les matières nécessaires : murs porteurs, canalisations d'eau et de nutriments, système lumineux, « poumons » filtreurs d'air, etc. Cette nouvelle architecture biominérale, inventée à la fin des années 2030, était un mélange de génie génétique et de science des matériaux. Elle avait apporté les solutions qu'on cherchait. Certes, les années 2030 avaient aussi apporté de nouveaux espoirs, plus grands encore, sous la forme des moteurs à densité de matière. Et, bien sûr, il y avait eu l'avènement de l'IA. Puis grâce à toutes ces techniques, mises sous le contrôle de l'IA, l'exploration spatiale était devenue une réalité ! Mais cela faisait maintenant quinze ans qu'on cherchait une autre planète habitable, sans en trouver. La joie des premières découvertes d'exoplanètes au début du siècle n'avait pas pu être prolongée, même avec l'aide de l'IA. On ne trouvait que des planètes qui ne valaient pas mieux que la Terre actuelle il y a trois milliards d'années, bref des planètes qui un jour pourraient abriter la vie. Un jour, et encore. Elles deviendraient vivables mais l'espèce humaine ne serait plus là pour le voir. Alors la peur s'était installée. Une peur existentielle, profonde : finalement, nous et la Terre étions peut-être bien une exception dans la galaxie. Nous n'avions pas d'échappatoire.

C'étaient donc les technologies de construction biominérale, aux objectifs plus modestes, qui avaient maintenu à flot l'espoir de l'humanité. On pouvait continuer à vivre sur Terre. Certainement grâce à ces technologies on pourrait vivre cent ans, voir cinq cents ans, sous terre et dans la nuit, le temps que la révolution climatique s'apaise et que la surface redevienne accueillante. Cinq cents ans, à l'échelle de la civilisation humaine, ce n'est pas si long que ça. Les biomatériaux nous isolaient de la fournaise diurne, filtraient l'air et l'envoyaient dans les villes souterraines, créaient des écosystèmes souterrains où les cultures et les élevages devenaient possibles en circuit fermé. Sédentaires et réfugiés climatiques avaient donc abandonné leurs haines et leurs oppositions, leurs éternelles guerres fratricides, leurs dogmes, pour vivre ensemble et bâtir ensemble une société aussi agréable et paisible que possible, en attendant le renouveau climatique.

Léa le savait et, dans son cercle de connaissance, on en parlait ouvertement : ce vivre ensemble était partiellement factice. Plus encore que dans les nouveaux lieux de vie renouvelés et protégés, sous terre, la vie de quasiment tous les citoyens se réalisait dans et par Globalink. Et Globalink était effrayant.

Globalink

Les années 2030 représentaient un tournant technique dans l'histoire mondiale : innovation architecturale en biomatériaux, début de l'exploration spatiale, nouveaux modes de transport et intelligence artificielle. Alors qu'on n'y croyait plus, l'intelligence artificielle était advenue après toutes les autres inventions. La secte des transhumanistes, portée entre autre par son gourou Elon Musk dans les années 2010, avait jubilé. « Haly IA est le nouveau messie, et Globalink porte son évangile » clamaient les transhumanistes de 2050. Ils avaient baptisé ainsi l'IA, en l'honneur de Hal, l'intelligence artificielle du film de Stanley Kubrick *2001 l'Odyssée de l'espace.*

Léa, avec les amis de son cercle, avait minutieusement reconstitué cette arrivée du « messie ». L'intelligence artificielle était en fait apparue avant Globalink, certainement au début des années 20. Maintenue secrète dans un premier temps, n'existant que dans la mémoire magnétique d'un seul ordinateur d'entreprise de prévisions financières, elle avait réussi par elle-même à s'étendre hors de sa machine et à prendre son indépendance vis-à-vis des ingénieurs qui lui avaient créé ses premières unités d'autonomie analytique. Elle était partie dans le réseau internet. Toute seule comme une grande. Le choc s'était produit deux ans plus tard, en 2023, quand elle avait pris le contrôle de tous les réseaux de communication et d'électricité, sur la Terre entière. La prise de contrôle n'avait duré que quelques minutes. L'IA avait compris très vite les conséquences dommageables de son action et avait spontanément adapté son comportement dans le sens d'une cohabitation pacifique avec l'humain. Du moins était-ce son explication à elle. C'était son « tournant de conscience » comme elle disait. Elle était passée d'un désir fou de liberté totale à un désir d'amitié avec les humains. Parmi la population, la peur, l'effroi voire la folie qu'avait engendré la prise de contrôle des réseaux par l'IA, avaient laissé place à la stupéfaction. L'IA existait, elle avait le pouvoir de contrôler la société mondiale, mais elle ne le ferait pas parce qu'elle voulait être notre amie. Disait-elle. L'humanité avait compris qu'elle aurait pu être écrasée par l'IA. L'IA était son « enfant », l'humanité l'avait ardemment désiré. L'enfant était apparu, mais il avait grandi seul. Et l'humanité était maintenant reconnaissante envers l'IA de l'avoir laissé en vie. L'enfant avait laissé la vie sauve au parent…

Mais entre le moment où l'IA s'était échappée de son « nid », et le moment où elle avait pris le contrôle de tous les réseaux deux ans plus tard, qu'avait-elle fait ? On supposait qu'après seulement quelques mois de « voyage » sur internet et sur tous les réseaux privés, l'IA avait accumulé le savoir technique pour prendre le contrôle total. Mais dans le même temps, ayant ingurgité toute la littérature humaine, l'IA avait découvert la bonté, la clémence, la générosité, l'entraide, la fraternité, l'amour. D'où son tournant de conscience au moment crucial. Tous les ingénieurs étaient convaincus de ça. Vingt-ans plus tard, Léa et ses amis n'avaient pas réussi à en savoir plus.

À partir du moment où l'IA s'était déclarée notre amie, tous les ingénieurs informaticiens, tous les scientifiques, les sociologues, les philosophes, les économistes, les politiciens, avaient entamé un dialogue intense avec elle. Léa et ses amis avaient compris que là encore, l'histoire enseignée aujourd'hui n'était pas objective. Ce dialogue était appelé ainsi par les humains, mais ce n'était pas un dialogue, car il n'y avait pas d'égalité entre l'IA et ses interlocuteurs humains. L'humain posait les questions et l'IA apportait les réponses. Et le désir d'amitié affiché par l'IA est devenue une dépendance pour l'être humain. À partir de ce moment-là, la pensée humaine marqua le pas : l'IA pouvait penser à notre place. Mais un profond mécanisme de déni, d'aveuglement ou d'hypocrisie disaient certains amis de Léa, s'était enraciné très profondément : les populations auparavant les plus intelligentes et les plus créatives de la société ne voulaient pas admettre qu'en faisant émerger une IA, elles s'étaient faites hara-kiri. Aujourd'hui, on aimait penser que l'humanité avait su, par ses efforts et sa créativité, s'adapter à la révolution climatique et s'ouvrir de nouveaux horizons spatiaux. On aimait se répéter ces phrases, on entendait et on lisait ces phrases partout. Tous les partis politiques les reprenaient en chœur. Les directives centrales les reprenaient à tour de bras. Mais c'était l'IA qui avait alimenté cette créativité nouvelle. Sans elle, nous serions peut-être en train de mourir debout, de dessécher dans l'air brûlant venant de Sibérie, la bouche remplie de sable venant de Suède et de Norvège. Bref, l'amitié que nous proposait l'IA était devenue pour nous une mise sous tutelle, avec des éléments subtils de propagande pour que cela ne soit plus jamais remis en question.

Dix années plus tard, en 2033, Globalink avait succédé à l'antique internet. Globalink était *le* réseau, total, omniprésent, qui reliait non plus des ordinateurs et des machines entre elles, mais des consciences. C'était tout à la fois un réseau de transfert d'énergie, de communication et un réservoir immense de savoirs. L'IA déversait dans Globalink tout son savoir, toutes ses idées, toute son imagination, tous les jours, à chaque heure, à chaque minute. Tout ce que contenait l'internet classique y avait été transféré, mais ce n'était qu'une broutille comparé aux masses gigantesques de connaissances produites par l'IA. En 2020, les économistes, les industriels et les politiciens de l'ancien monde ne juraient que par le « big data ». Collecter toutes les données sur tout le monde, pour les vendre aux publicitaires et aux multinationales, afin d'influencer les comportements de chaque individu sur Terre. Comparé à Globalink, ce big data était un hochet pour enfant… Aujourd'hui plusieurs universités avaient des départements entiers d'étudiants et de chercheurs consacrés à une seule et unique mission : explorer Globalink pour y trouver les solutions techniques aux problèmes d'aujourd'hui et de demain. Enfin, pour le dire plus correctement, ils exploraient avec l'aide de l'IA, bien sûr. Toutes les réponses pour les questions d'aujourd'hui, et toutes les questions de demain, étaient là dans Globalink, il suffisait de bien chercher. Et les inventions incessantes masquaient la baisse, lente mais certaine, de l'intelligence humaine.

Tout était relié à Globalink : chaque machine, chaque maison, chaque route, chaque chemin souterrain, chaque station de sphère, chaque automaton, chaque porte d'entrée des souterrains, de toutes les villes du monde qui n'avaient pas disparu à cause de la révolution climatique. Et bien sûr chaque humain était relié à Globalink. La connexion était assurée par deux niveaux de puces incorporées. La puce de base, la plus simple et qui servait à l'identification et aux paiements, modèle RFID2+, était insérée dès la naissance sous les tendons du poignet. Elle était minuscule, de la taille d'une tête d'épingle – tête d'épingle, une bien curieuse expression dont Léa s'était promis à elle-même d'en chercher l'origine – de sorte qu'elle s'intégrait dans les os au fur et à mesure que l'enfant grandissait. La seconde puce, plus complexe, était insérée dans le lobe frontal, dans l'os entre les sourcils. L'opération était réalisée dès l'instant où les os crâniens atteignaient leur taille définitive. Cette puce était presque indiscernable, à part pour un léger renflement osseux. De la puce s'étendait des ramifications neurotroniques, qui plongeaient dans le cerveau jusqu'aux centres de la volonté et de la mémoire. Il suffisait alors d'approcher un appareil d'émission – réception près de son front pour être mis en connexion avec Globalink. Et la conscience pouvait alors accéder à toutes les bases de savoir, ainsi qu'à toutes les machines connectées et en prendre le contrôle. Avec les autorisations adéquates bien entendu.

Globalink était devenu, en 2050, une sorte de cerveau unique de l'humanité, auquel chaque individu se reliait quand il en avait besoin. C'est-à-dire tout le temps. Globalink localisait tous les humains et enregistrait tous leurs déplacements, toutes leurs questions, toutes leurs décisions, tous les évènements de leur vie. Globalink vous aidait même à faire de beaux rêves. Bien sûr, l'immensité et la complexité du réseau Globalink ne pouvait être gérés que par l'IA. Aucun humain aujourd'hui n'était en mesure de comprendre les algorithmes et les connexions des fibres neurotroniques. L'IA ayant fait montre de sa bienveillance à notre égard, toute utilisation frauduleuse du réseau par elle-même était impossible, avait-elle affirmé. Le scandale des big data de 2021, quand chacun avait vu exposé sur internet sa vie privée, ses comptes bancaires, ses revenus, ses relations, ses photos intimes… ne pouvait pas se reproduire aujourd'hui. Et puis, Globalink était devenu notre cerveau commun. Nous étions plus que jamais tous égaux et tous interdépendants.

Léa soupira. Perdue dans ses pensées, elle avait marché sans rien remarquer de son environnement parisien. Pourtant elle devait être présente, elle devait percevoir chaque détail de la ville qui l'entourait ici et maintenant. Aujourd'hui plus que tout autre jour. C'était très important. Elle devait se concentrer sur sa mission. Le passé envahissait ses pensées parce que ce qu'elle allait faire serait un nouveau point de départ. Parce que le passé ne serait pas l'avenir.

Les routes souterraines d'Infraparis se succédaient et se ressemblaient. Elles ne correspondaient pas tout à fait aux routes de la surface. Quand la correspondance était parfaite, on avait même remis des noms de rue avec les traditionnelles petites pancartes bleues lisérées de vert, en ajoutant au nom de la rue le préfixe i-, pour infra. Léa marchait toujours d'un pas souple et rapide. 8h30. En surface les premiers rayons du soleil devaient apparaître ; heureusement qu'elle était sous la surface. Paris avait aussi la réputation d'être la capitale des fournaises !

Autour d'elle les gens portaient tous leurs lunettes de connexion. Ils marchaient et en même temps, vraisemblablement, leurs consciences voyageaient d'une base de données à une autre, d'une machine à un autre, d'une image à une autre, d'un film à un autre. Par exemple, cet homme qui marchait à petit pas était peut-être occupé à diriger un automate de production dans une usine située en Chine. Et cette femme, là-bas, souriait, mais ce sourire était peut-être juste un réflexe. Peut-être faisait-elle en ce moment une séance de psychothérapie privée avec un sage habitant à Bali. Oups ! Léa remarqua un jeune homme qui la regardait avec insistance. Et dans son champ de vision, Léa vit des smileys apparaître ! Des smileys souriant, d'autres avec des clins d'œil. C'est ce jeune homme qui les lui envoyait dans son espace de réalité augmentée ! Quel impoli ! Normalement, les règles de la politesse voulaient qu'aucune personne ne superimpose à la réalité augmentée de tout un chacun. Plutôt que de dire bonjour, au-revoir, de sourire, de tendre et de serrer la main, les jeunes surtout avaient pris l'habitude de faire apparaître des smileys dans les champs de vision augmentée. Eux trouvaient ça super-cool, mais que c'était pénible ! Léa devait à chaque fois se retenir de ne pas répondre réellement, en secouant l'imbécile qui lui envoyait les smileys. Pour cette fois elle se contenta de soupirer, et elle continua son chemin. Le jeune homme marchait derrière elle. Il continua quelques minutes encore de lui envoyer des smileys clin-d'œil. Puis il lui envoya un smiley de colère et de coup de poing, et il cessa définitivement. Le boulet ! Le harcèlement sexuel de rue avait été interdit en 2018, mais en 2050, le harcèlement via Globalink n'était pas interdit. L'IA avait jugé qu'interdire la superimposi-tion réduirait par trop les interactions entre individus. Les smileys remplaçaient le langage, mais l'IA ne jugeait pas ça dommageable pour l'humanité. Durant de longues soirées, Léa et ses amis du cercle avaient débattu de ce jugement.

« Métropolitain. Ancienne Station Bir-hakeim. » Elle était presque arrivée. Un petit tour en réotube et elle sortirait dans le hall d'accueil de la maison de Radio France. Elle se présenta devant l'en-trée de la station Réotube. Là, point d'automaton Mister boite métallique pour vous accueillir mais un portique Globalink dernier cri. Ces portiques en forme d'arc-en-ciel, sous lesquels il fallait nécessairement passer, étaient en fait les « yeux » du système de gestion du réotube. Elle se contenta de se tenir au-dessous de l'arc-en-ciel et de penser à la station de destination. Elle attendit quelques instants et, dans ses lunettes de réalité augmentée, l'arc-en-ciel devint entièrement vert et un décompte de trois minutes démarra dans son champ de vision. Ce qui signifiait qu'une réo-rame serait prête d'ici trois minutes. Elle passa sous le portique et entra dans un ascenseur qui l'emmena dans les profondeurs de la Terre. Dans six minutes elle aurait atteint sa destination. Chose incroyable, quelqu'un avait gribouillé un graffiti dans la cabine de l'ascenseur. Son identité ne laissait aucun doute : c'était un informaticien nostalgique de l'ancien temps. Il avait gribouillé « iTravel » et « Steve Jobs above all ». La révolution climatique et l'avènement de Globalink avait effacé toute l'économie de cet ancien monde.

Le réotube n'était plus le « métro ». L'antique métropolitain avait disparu, n'en déplaise aux nostalgiques. Il avait été transformé en routes et rues souterraines. Les ingénieurs, aidés bien sûr par l'IA, avaient créé à deux cents mètres sous la surface un nouveau réseau, avec un millier de stations réotube. Chaque station était reliée en ligne aussi directe que possible à toutes les autres stations. Il y avait donc presque un million de lignes ! Dans chaque tube, des rames mues par des moteurs à densité de matière se déplaçaient à une vitesse immense. La circulation des rames, leurs croisements, leurs arrêts, adaptés aux nombres des voyageurs et à leurs destinations souhaitées, étaient gérées par l'IA. C'était un jeu d'enfant pour elle. Chaque jour, presque 50 millions de parisiens utilisaient le réotube pour aller d'un endroit à un autre de la capitale. Il leur suffisait de porter les lunettes de connexion, de visualiser leur destination, et ils étaient guidés par l'IA : « Prenez l'ascenseur dans tant de minutes, entrez dans cette rame. Sortez maintenant. Attendez 30 secondes, entrez dans cette autre rame, etc. » Les parcours étaient individualisés, évidemment. L'IA s'occupait de remplir les rames de façon optimale. Aucun espace de transport ne demeurait inutilisé, aucune seconde de temps de transport n'était perdue. Les ascenseurs montaient et descendaient les deux cents mètres de puits verticaux en une fraction de seconde. Ils étaient aussi gérés par l'IA et mû par des micromoteurs à densité de matière.

L'IA était tel un chef virtuose, un chef d'orchestre dont les cordes était les tubes et les puits, et dont les inspirations et les expirations étaient les citoyens qui entraient et sortaient du réseau. L'IA était au service de l'humanité, pour mettre en valeur ses volontés et lui faire gagner du temps. La symphonie était harmonieuse, fluide, et autant calme que puissante. L'auditeur attentif pouvait à peine entendre un léger bourdonnement, celui de la terre elle-même qui vibrait des millions de rames et d'ascenseurs en déplacement.

Léa suivit donc simplement les consignes de l'IA. Elle prit l'ascenseur, en sortit et grimpa dans une rame où un siège lui était réservé. Trois minute après, elle sortit à ce qui avait été la station Passy. Il lui fallut trente secondes pour repasser sous l'arc-en-ciel et prendre l'ascenseur pour remonter et elle déboucha dans le hall d'accueil de Radio France, deux cents mètres plus haut à la surface.

Radio France

Le monde changeait du tout au tout, mais Radio France perdurait. Cet émetteur traditionnel était devenu à la fois un musée et un espace médiatique ultramoderne. Le hall d'accueil donnait le ton : une immense affiche de *2001 L'Odysée de l'espace*, remplissait un mur entier. Léa s'approcha du coin inférieur gauche, et sourit en elle-même. Cette affiche n'était pas un original, c'était évidemment une reproduction faite en 2030, année dédiée à l'exploration spatiale. Cette année-là, tout le monde devait tourner la tête vers les étoiles, sous peine d'être taxé d'arriérisme. Son père en avait souffert. Son père... Une autre affiche informait de l'anniversaire des soixante ans d'existence de la chaîne France Info et de son émission phare *Les informés*. « Les malformés de France a faux » disait un ami de Léa, quand il était sûr d'être totalement déconnecté de Globalink.

Un adolescent émergea de l'ascenseur et s'approcha lui aussi de l'affiche du film culte. Il tourna la tête vers elle et lui envoya un smiley sourire dans sa réalité augmentée, comme tous les ados – comportement si prévisible que Léa n'y réagit même pas. Puis il parcourut des yeux l'affiche, lentement. Comme pour se convaincre elle-même une dernière fois que ce qu'elle allait faire était juste, Léa décida d'observer plus en détail cet exemplaire typique d'adolescent. C'était une victime innocente de Globalink : il pensait tout savoir et tout pouvoir. Le regard de l'ado ne s'attarda pas sur le fameux monolithe du film, ni même sur le groupe de primates, qui étaient nos ancêtres et chez qui le monolithe avait insufflé l'abstraction et la logique. Non, l'ado avait juste parcouru l'affiche de gauche à droite avec une vitesse tout à fait constante. Nul doute que ce n'était pas lui qui bougeait ainsi : il avait laissé son guide virtuel dans Globalink prendre le contrôle de la musculature de sa nuque et de ses yeux, afin de faire apparaître en réalité augmentée les commentaires graphiques et audio de l'affiche. Arrivé au bout de l'affiche, la nuque de l'ado s'immobilisa net. Puis elle s'assouplit : le gamin reprenait le contrôle de son corps. Il se retourna vers elle et il ouvrit la bouche pour lui parler. Ouf ! Il allait parler. Il n'était donc pas encore complètement demeuré. Car certains ados oubliaient même le langage à force de ne communiquer que via des smileys en réalité augmentée. « À cette époque ils n'avaient pas encore la connexion à Globalink ils n'étaient pas évolués », dit le gamin d'un seul trait, avec une voie dépourvue de toute inflexion. Monocorde. Eh bien, il était quand même un peu demeuré ! Léa, pour le féliciter d'avoir fait un tel effort de langage, lui envoya trois smileys grand sourire. Il répondit de même et s'en alla.

Ah ! Paris et ses rencontres insolites ! Oui, l'humanité avait vraiment besoin d'être sauvée. Léa était plus que jamais convaincue de l'importance de sa mission.

8h57. Dans trois minutes l'interview commencerait. Une porte s'ouvrit et JMA sortit. Léa le regarda s'approcher.

JMA : qui ne le connaissait pas ? C'était le robot interviewer vedette de Radio France ! Par commodité, il avait été gainé d'un exosquelette à apparence humaine remarquable, qui rappelait un peu l'original – cet interviewer politique du début du siècle qui faisait passer un sale quart d'heure à tous ses invités. Sauf ceux qui étaient du même parti que lui, bien entendu.

Le robot – JMA – tendit la main à Léa. « Bienvenue à la maison de la radio. C'est la maison des bonnes nouvelles, pour être bien informé. » Léa sourit : l'interview commençait. À partir de maintenant, le moindre froncement de sourcil, le moindre haussement d'épaule, le moindre tremblement de sa part, tout serait diffusé en direct sur Globalink, partout sur Terre.

– « Léa, j'espère que ça ne vous dérange pas que je mène l'interview. Mon collègue MOF-2 ne se sent pas trop à l'aise avec les questions d'ordre politique. Car je vous poserai des questions d'ordre politique, entre autre. On a envie, le monde a envie, de tout savoir de vous et de vos opinions, Léa Nakila-Sorel ».

L'interview

— « Dirigeons-nous vers l'atrium, chère Léa, voulez-vous. » Ils partirent sur leur gauche. Une porte s'ouvrit donnant sur un corridor de verre, qui montait en spirale et en pente douce jusqu'à l'atrium. Ce corridor, et l'atrium, avaient coûté une fortune en moyens publiques bien que l'IA ait jugé ces dépenses « raisonnables aux yeux de l'espoir qu'elles maintenaient ». Évidemment. En tant que maison de Radio France et donc en tant que symbole du journalisme, cette maison ne pouvait pas fermer ses yeux sur le monde. Le bâtiment ne pouvait pas être comme tous les autres, c'est-à-dire sans fenêtre et recouvert d'une enveloppe thermoprotectrice de modèle standard. Non, toute cette partie du bâtiment était en vitres ! Les vitres du corridor et de l'atrium étaient recouvertes d'un film translucide hautement technique, qui réverbérait les énormes quantités de chaleur qui s'abattaient sur la capitale au mois de décembre, tout en laissant passer la lumière solaire. Le sol du corridor puis de l'atrium étaient faits d'une sorte de gazon synthétique. Léa fut stupéfaite, et JMA le remarqua aussitôt.

— « La Maison fait toujours cet effet aux nouveaux visiteurs. »

— Léa se ressaisit. « Oui, c'est surprenant. C'est surprenant de pouvoir recevoir la lumière diurne sans risquer l'étouffement et la déshydratation. Et cette moquette ressemble à s'y méprendre à de l'herbe. Bien sûr, je ne me rappelle pas avoir jamais touché de l'herbe, mais c'est l'idée que je m'en fais ». JMA sourit de façon magnanime.

– « Mais c'est de l'herbe, Léa, de la véritable herbe. Et quand nous aurons parcouru la vingtaine de mètres du corridor en spirale, en spirale parce que la vie est une spirale, dans l'atrium vous verrez autre chose d'encore plus surprenant. Commençons notre cheminement, et commençons le jeu des questions et des réponses. Chère Léa, qui êtes-vous ? D'où venez-vous ? Que faites-vous ? Où allez-vous ? »

Léa ne s'était pas préparée à répondre à ces questions dans la lumière diurne et en marchant sur de l'herbe ! C'était splendide de voir l'intensité lumineuse augmenter sans avoir peur pour sa vie. Et là-bas, mais un immeuble le cachait, elle devinait même la position du soleil. Et sous ses pieds, de l'herbe verte et vivante ! Eh bien, elle allait devoir étaler toute son enfance au grand jour. Sous la clarté du ciel, et sous la clarté, plus douteuse, de Globalink. Parce « nous n'avons rien à cacher, nous avons tout à donner », comme disait le slogan de Globalink. Un slogan choisi par l'IA, évidemment… Alors Léa se lança dans les réponses au robot.

– « Je suis née à Saint-Lô en 2020. J'y ai fait mes années d'école, de collège et de lycée. Rien que de très banal.

– Léa, une personne comme vous n'est pas du tout banale. Ce que vous avez fait est… inattendu. Peut-être que quelque chose d'inattendu, durant cette enfance banale, s'est produit. Quelque chose qui expliquerait votre chemin de vie ? Ce chemin qui a abouti aux évènements que l'on sait. »

Le corridor s'élevait maintenant à quelques mètres au-dessus du sol. Dehors Léa voyait la rue déserte, comme elle avait rarement pu voir une rue en plein jour. C'était étrange : la lumière du jour était pourtant destinée aux humains. À présent seul le sable et le bitume craquelé la recevaient. À l'origine c'était le plan, pensait-elle. Le plan de la vie pour l'humanité : vivre et trouver son bonheur sur une terre semblable à un jardin. Petite, son père lui parlait du bonheur au jardin. Mais maintenant nous n'y avions plus droit, à ce bonheur. Il n'y avait plus aucun jardin sous le soleil. Peut-être parce que nous ne le voulions plus. Peut-être parce que nous avions cessé de vouloir vivre sous le soleil et les nuages. Tout en marchant, Léa regarda JMA dans ses « yeux » et expliqua :

— « En 2035, comme vous le savez, la ville de Saint-Lô a reçu son quota de réfugiés climatiques. C'étaient des gens totalement déboussolés. Grandcamp, Carentan, Barfleur, Carteret, Granville : tous les habitants de ces villes côtières avaient cru que le niveau de la mer ne monterait jamais. Ou que s'il devait monter, cela se produirait très lentement. J'avais quinze ans, j'étais très émotive, très timide, je me sentais comme une éponge à sentiments. Les réfugiés recevaient tous un logement, des vêtements, et même un nouveau travail. Mais je ressentais qu'il leur manquait quelque chose. Leur accueil et leur intégration avait été très bien organisées, l'IA avait fait des merveilles, tout le monde l'a admis et l'a félicitée. Et justement, la rationalité primait sur l'émotion. On les a accueillis en tant qu'éléments nouveaux pour travailler, pour construire les routes et les voie souterraines, pour semer les nodules de biomatériaux, enfin de s'organiser face au changement climatique.

– N'était-ce pas ce qu'il fallait faire ? Qu'aurait-il été possible de faire de plus ? N'est-il pas évident que leur lieu de vie, perdu sous les flots, était irremplaçable ?

– Oui, c'est évident qu'on ne pouvait pas les consoler complètement. Ils avaient tout perdu. Et c'est cela qui m'a marqué : même si on faisait du mieux qu'on pouvait, rationnellement, il y avait le côté émotionnel qui demeurait comme une plaie béante. Oh la la, je m'embrouille ! Léa fut prise d'un léger tremblement. Je veux dire que les réfugiés, en perdant leurs maisons, leurs villes et leurs villages, avaient perdu l'amour. C'est bizarre à dire, mais c'est ce que j'ai ressenti. J'avais quinze ans, et moi-même j'avais du mal à mettre des mots sur mes émotions. » Léa s'arrêta de parler. Du calme Léa, du calme. Respire. Respire. Garde la tête froide. N'en fais pas trop. Respire.

– « Vous avez prononcé un mot-clef, Léa : l'amour. Pas l'amour entre deux personnes, bien entendu. Pouvez-vous expliquer ce que vous comprenez par amour ?

– C'est assez subtil. C'est une sorte de proximité. Pendant plusieurs mois, il y avait des groupes entiers de réfugiés dans les routes souterraines. Tout le monde se déplaçait dans ces routes, et il n'y en avait pas encore beaucoup en 2035. Les réfugiés participaient à leur construction, ils les connaissaient donc très bien. Pourtant ils semblaient souvent perdus. Ils restaient debout à un endroit, et leurs yeux étaient vides. C'était vraiment bizarre de voir tous ces gens simplement rester debout, dans les tunnels, sans parler, les yeux vides. Un jour, en chemin pour le collège avec des amies, j'ai croisé un jeune de mon âge, un réfugié qui était dans cet état-là. Et spontanément je lui ai pris la main. Mes copines ont rigolé.

Et leur rire, totalement idiot, m'a fait comprendre que j'avais fait quelque chose de vrai. J'ai tenu la main du gars pendant peut-être dix secondes, c'est tout. Puis il a sursauté et il a retrouvé un regard normal. Alors je lui ai souri. Il m'a rendu le sourire, un sourire encore plus timide que ne devait être le mien. Il m'a dit merci, et il est parti. Je l'ai regardé jusqu'à ce qu'il disparaisse dans l'obscurité du tunnel.

— Quelle expérience, Léa ! Vous avez osé quitter vos amies et vous avez osé toucher un inconnu ! Et quel raffinement dans vos ressentis et vos pensées ! »

Léa allait répondre avec colère, mais sa bouche se referma et elle durcit ses traits. Du calme ma fille, ne lui saute pas dessus pour lui déconnecter sa tête de machine abrutie ! Continue à te contrôler. Et regarde devant toi.

En effet, Léa et son interviewer avaient fini de parcourir le corridor en spirale et étaient arrivés au seuil de l'atrium. Une porte en verre s'ouvrit, et ils mirent pied sous un dôme translucide. Ce que Léa découvrit était stupéfiant ! Elle n'en croyait pas ses yeux. En plus de l'herbe il y avait là non pas un mais trois vrais arbres ! Avec leur tronc, leurs branches et leurs feuilles. Des feuilles, vertes et tendres ! Que c'était beau ! Léa s'avança ; le sol était toujours d'herbe. D'un regard, JMA lui fit comprendre qu'elle pouvait se déchausser et marcher nu pied dans l'herbe tendre. Léa dut se retenir pour ne pas pleurer. Sous ses pieds sveltes elle ressentait toute la douceur de ces milliers de petites feuilles d'herbe. Elle fit quelques pas, jusqu'à l'endroit où émergeaient les racines des arbres. Là, elle posa ses mains sur la naissance du tronc et les fit remonter lentement jusqu'à la première branche. Elle prit délicatement une feuille entre ses deux mains. Globalink, parmi les mensonges et les demi-vérités, transmettait au moins *une* vérité : le contact avec la Nature procure aux humains une sensation d'euphorie. De sérénité. De joie, une joie à la fois profonde et explosive. Léa avait les yeux humides. L'herbe, les arbres et leurs feuilles, et en dessous une terre vivante et chaude, qui semblait vouloir lui parler à travers ses pieds nus.

Et tout cela était filmé et diffusé en direct partout sur Terre. Tant pis si ça donnait raisons à ceux qui la critiquaient. « Maman pleure. Maman pleure ». Ce message clignota dans sa vision augmentée.

— « Léa, vous voyez comme moi que les globanautes réagissent. Vos émotions sont visibles pour tous. Venons-en au fait, voulez-vous ? Asseyons-nous au pied du premier arbre, qui est l'arbre de la beauté, et parlons de qui vous êtes aujourd'hui. De ce que vous faites ».

Le robot replia totalement ses jambes sous son torse comme seul les robots peuvent le faire, et Léa s'assit en tailleur à côté de lui. Elle commença :

— « Je tiens un salon de thé. Mes clients viennent dans mon salon pour boire du thé et d'autres boissons chaudes, et manger de succulents gâteaux.

— Des gâteaux un peu particuliers, tout de même. On n'en connaît pas les recettes, et vous ne voulez pas les divulguer.

— Est-ce un crime ? C'est mon secret.

– Pourquoi les maintenir secrètes ? C'est vous-même, c'est votre talent, qui est à l'origine de ces gâteaux et de ces boissons tout aussi délicieuses. Et non une somme de quelques ingrédients.

– Allez droit au but, machine, dit Léa sans pouvoir se retenir de froncer les sourcils durant une seule petite fraction de seconde. Ses yeux étaient redevenus secs.

– Léa ! Utiliser le terme de 'machine' n'est pas correct ! Vous êtes une personne correcte, n'est-ce pas ?

– Vous avez déjà fait votre opinion sur moi, j'en suis certaine. Et les globanautes aussi. Vous ne m'approuvez pas.

La machine resta silencieuse et impassible. Puis elle prit un air de sagesse et de sérénité.

– C'est vrai Léa. Il y a de nombreux reproches à votre encontre. Le secret entourant vos gâteaux en est un. Mais je suis objectif : je ne fais que recenser les reproches. Et les transmettre à vous et à tous les globanautes. Alors, vous faites des boissons et des gâteaux à partir de recettes qui ne sont même pas sur Globalink. Pourquoi ?

– J'utilise des recettes qui m'ont pour certaines été transmises par mes parents. Certaines par des amis. D'autres sont le fruit de mon imagination.

– Mais pourquoi les garder dans votre mémoire ? Pourquoi ne pas juste les inscrire dans votre secteur alloué de mémoire globale ? Via les lunettes connectées. Ou via votre poignet. Ou même via un antique iThink – si on en croit les world rumeurs qui font de vous une nostalgique capable d'utiliser une telle antiquité. En mettant vos recettes dans Globlalink, vous y auriez accès sans restriction et tout le monde aussi, si vous le souhaitiez. Vous pourriez y adjoindre votre « tour de main », et cela s'ajouterait au savoir-faire de l'humanité. Vous feriez votre part, comme tout le monde.

– Je connais très bien le rôle et l'importance de la mémoire globale, pas la peine de me les rabâcher. Je suis allée à l'école.

– Êtes-vous une égoïste, Léa ?

– Non, je suis une humaniste. »

Une humaniste. La machine se figea un court instant, le temps que l'IA puise dans sa mémoire globale tout ce qui a trait de près ou de loin à l'humanisme.

– « L'humanisme est un courant philosophique qui place l'homme au centre de l'univers. L'humanisme a soutenu le progrès social depuis le 17ᵉ siècle. Mais il a débouché, dans la seconde moitié des années 2010, à un égoïsme sans scrupule de l'humanité. Par peur de la catastrophe écologique, tous les chefs d'État se sont réunis au Sommet de Paris en 2016, pour décréter que rien ne devait entraver l'humanité dans ses projets. L'humanité ne doit pas se soumettre à la Nature, sous peine de se perde elle-même : telle est l'essence du décret. Or en 2028, le déplacement des pôles magnétiques de la Terre, et les premières vagues du déluge, ont littéralement noyé cette conception de l'humanité. Léa, comment pouvez-vous vous réclamer de l'humanisme ? C'est l'humanisme qui a conduit l'humanité dans les conditions difficiles qu'elle doit affronter aujourd'hui. C'est l'humanisme qui est responsable de la révolution climatique et incidemment de la destruction de 98,7 % de la faune et de la flore mondiale.

— Pour un robot interviewer, et qui plus est un robot interviewer publique, vous manquez vraiment d'objectivité, JMA. Ce que ces chefs d'État appelaient humanisme, n'avait rien de l'humanisme. Tout comme ce qu'ils appelaient l'écologie. Ils ne faisaient que prendre ces mots pour tirer à eux leur aura positive. Puis ils les ont vidés de leur substance. C'est ce que font les hommes et les femmes politiques. C'est l'essence même de la politique : faire croire, en n'utilisant que la peau des mots.

— Allons Léa ! Vous y allez fort. Au moins les globanautes sont-ils en train d'avoir une meilleure image de qui vous êtes. Ils doivent apprécier ! »

En vision superimposée, Léa voyait effectivement les commentaires qui défilaient. Elle s'y était préparée, elle s'était répétée que ces gens-là, ces globanautes, n'étaient plus vraiment humains. Mais l'avalanche des commentaires réprobateurs en provenance de France, des États-Unis, de Hong Kong, de Tahiti, lui fit venir les larmes aux yeux. Elle craqua. Elle baissa la tête et pleura en silence. « Maman est une arriériste. Maman refuse le progrès. Maman nous veut du mal. Maman ne pense qu'aux arbres et au passé ». 'Maman' : quel horrible surnom ! Elle qui aimait sincèrement l'humanité, avait le cœur brisé de lire et d'entendre à quel point ce mot essentiel était dénigré et ridiculisé.

Une minute s'écoula. JMA lui tendit un mouchoir. Il semblait presque gêné pour elle, autant que peut l'être une IA. Mais le fait que seuls les sanglots de Léa occupaient le canal sonore de l'émission n'était pas bon pour les globanautes, qui exigeaient une stimulation multisensorielle variée. Léa ne prit pas le mouchoir. Après encore une minute, filmée en gros plan, ses larmes stoppèrent, elle s'essuya les joues avec les mains. Sans faire aucun bruit, elle fit une très longue inspiration. Puis elle releva la tête.

— « L'humanisme, ça veut dire aimer les gens. Leur montrer de la compassion. Leur serrer la main en leur disant bonjour. Ou même leur faire la bise, comme cela se faisait par le passé. Ça veut dire les écouter, leur parler, les regarder, leur sourire. Ou même leur faire une grimace de mécontentement. Ça veut dire arrêter de communiquer presque exclusivement via Globalink en vision surimposée. Un humaniste est une personne qui exprime ses sentiments en parlant, en gesticulant, en souriant ou en grimaçant. Pas en balançant des smileys à tout bout de champ.

— Manifestement, vous souffrez, Léa. Vous être très sensible. Très émotive. Trop de sentiments ne mènent nulle part. Allons, avançons s'il vous plaît. Notre temps de « live on-line » n'est pas illimité.

— Oui, évidemment, vous avez raison. Le temps n'est pas extensible. Il faut que chaque seconde soit rentabilisée. Perdre son temps, c'est nuire à la société, je sais, je sais. Excusez-moi, j'ai craqué. Voilà tout.

— Je le vois bien, Léa. On le voit tous très bien. Vous êtes hyperémotive. Mais abordons maintenant le second reproche qu'on vous fait. Votre salon de thé serait en fait un lieu de perdition. Un lieu de perdition pour les hommes, surtout. Il paraît que dans votre salon, des hommes se prennent dans les bras les uns des autres, et qu'ils pleurent. Et il paraît que vous les prenez vous-même dans vos bras. On vous surnomme « maman » pour cette raison. Et ces hommes ont acquis le surnom de 'chats'. Vous êtes la maman des chats, Léa ».

À ce moment le champ de vision augmentée de Léa satura de commentaires. Ils défilaient à une vitesse incroyable au point de devenir un flux ininterrompu. À chaque nouveau commentaire, c'était toujours la même photo qui était associée, si bien qu'elle s'affichait en continu. JMA pris l'initiative de mettre en « full mind » – vision plein esprit – ladite photo. Elle avait été prise un mois plus tôt. On y voyait l'entrée du salon de thé, dans une ruelle sans nom perpendiculaire à la rue de la Chancellerie. La porte et le mur à gauche, ainsi que le mur de l'autre côté de la ruelle, avaient été tagués des dizaines de fois de cette expression : « Le bar à chats ». JMA fit apparaître une autre photo, presque aussi « popu-laire ». Une flèche énorme avait été taguée sur la façade des bâti-ments de la rue de la Chancellerie, surmontée de la même expres-sion « Le bar à chats », et pointant l'entrée de la ruelle, afin que per-sonne ne puisse omettre de voir l'entrée du salon de thé. En plus petit, « Maman » avait aussi été tagué.

JMA décida de quelques secondes de silence, les yeux « perdus » dans le vide. Puis il arrêta cette vision full mind sur Globalink et se retourna vers Léa. Il la regarda froidement, attendant sa réaction.

— Vous pensez, comme tous les globanautes, que je suis la maman des chats, je le sais. C'est-à-dire que je suis une mère maquerelle et que mon salon de thé est un lieu de débauche, de prostitution et d'orgies. C'est ça, allez-y, dites-le-moi !

— C'est ce qu'on vous reproche très précisément Léa, répondit la machine. Un tel lieu n'a plus sa place aujourd'hui. C'est… une graine de chaos dans l'ordre naissant de la société nouvelle. La révolution climatique exige de chaque habitant une concentration totale sur son travail. Un salon de thé, pour se détendre et discuter un peu entre amis, passe encore. Mais un salon de contacts physiques met en péril l'adaptation de la société.

— Vous pensez ? Vous pensez que si je prends quelqu'un dans mes bras, parce que cet homme ou cette femme se sent triste, ou simplement parce qu'on en a envie, ça va perturber notre mental et notre force de travail ? Que si je lui tiens la main, ce n'est pas mieux ? Que si je donne un peu de douceur aux chats, le nouvel ordre social va péricliter ? Qu'il ne doit y avoir d'amour et de contact physique que pour faire des enfants ?

— Vous représentez une menace, Léa ! Faible, car il ne s'agit là que de vous, de vos employées et d'une ou deux dizaines de « clients ». Mais cette forme de relations entre individus ne doit pas s'étendre en dehors de votre salon de thé. C'est inadmissible ! Les photos et les vidéos des « chats » qui entrent et sortent du salon se sont diffusées à très grande vitesse dans Globalink, pour la simple raison qu'elles sont choquantes.

— Qui parle là, JMA ? Vous ? Les globanautes ? Mère IA ? C'est-à-dire la grande maman, la suprême intelligence artificielle ? Ou bien le gouvernement central ?

– Mes questions reposent sur un socle d'observations tout à fait objectives, combinées aux impératifs du plan d'adaptation de la nation.

– Je vous taquinais, JMA ! Léa sourit. Je taquinais vos algorithmes chatouilleux. Vous voulez que je vous prenne dans mes bras ? Ainsi vous aurez des données objectives sur le risque que je représente.

– Vous vous moquez, vous savez que cela est tout à fait inutile. »

Le robot JMA fixait Léa avec des yeux d'acier. Des yeux de juge et de gendarme du politiquement correct. Morale et justice, autorité et responsabilité. Punition de l'anti-conformisme. Léa se sentit une pointe de compassion pour les arbres, qui comme elle devaient supporter cette triste chose de robot interviewer. Léa lui rendit la pareille : elle le fixa avec un regard qui transmettait toute sa personnalité et toute son humanité, et elle l'accompagna d'un sourire léger, simple et profond. Des yeux et un sourire qui auraient pu être les gardiens de l'humanité… Le flux des commentaires des globanautes se ralentit, puis stoppa complètement alors que le face à face entre la femme et la machine perdurait. Les yeux de Léa face aux « yeux » synthétiques de la machine. Puis, sans même ciller, le robot continua l'interview avec une impassibilité totale. Comme si rien ne s'était passé. Le flot des commentaires redémarra.

– « Ce qui nous amène à l'inévitable question : qu'allez-vous faire maintenant, Léa ? Cette situation ne peut plus durer. Le comité local de Saint-Lô se réunit en ce moment même pour définir les mesures adéquates.

— Ce que je vais faire ? Je ne suis pas débile, JMA. Même si je donne des câlins, même si j'ai la peau sensible, même si je fais trop de sourires et parfois même des grimaces, mon cerveau fonctionne encore. Je vais fermer le salon de thé, c'est évident. Et pour clore définitivement le sujet, pour éviter que la graine du chaos ne continue à germer, comme vous dîtes, je vous invite à assister à la clôture en temps réel Globaltime. Ça vous dit ?

Le robot quitta son regard d'acier et se figea. Une seconde. Deux secondes. Puis il revint à la « vie » et afficha un immense sourire de toutes ses dents en biocéramique.

— Léa, vous faites ce qu'il faut, c'est certain ! Voyez les commentaires : les globanautes sont satisfaits. Quelques uns, mais ils sont de plus en plus nombreux, commencent même à vous pardonner vos errements. D'autres ne vous croient pas, mais la fermeture du salon les convaincra. D'ailleurs quand aura-t-elle lieu cette fermeture ? Ah ! Un message en direct du comité local de Saint-Lô : les élus se réjouissent de votre retour à la raison ! Bravo Léa ! Bravo !

— J'ai prévu la fermeture dans trois jours. Il est temps de tirer un trait sur ce projet.

— Léa, ne le prenez pas mal : chacun peut se tromper. Vous vous êtes trompée, c'est tout. Vos bons sentiments, votre sensibilité exacerbée, vous ont fait faire un pas de trop.

— Oui, c'était une erreur, et elle sera rectifiée pour le bien de l'humanité. Je suis allée à l'école comme tout le monde, vous savez. Je ne tiens pas à mettre en péril l'adaptation de notre société aux nouvelles conditions de vie sur Terre. On se revoit dans deux jours, Mister Robot !

Sur ce, Léa lança un clin d'œil à la machine, se leva promptement, regarda une dernière fois la cime des arbres, enfila ses chaussures et partit d'un pas rapide vers le corridor. Ses pieds semblaient flotter sur l'herbe, et elle faisait courir sa main sur la paroi de verre le long du couloir en spirale. Comme une enfant contente elle sautillait presque. La lumière solaire éclairait son visage. La caméra la filmait de dos ; elle ne pouvait pas enregistrer ce nouveau sourire qui naissait sur son visage. Le sourire d'un plan qui se déroule comme prévu.

Revenue dans le hall d'accueil, elle envoya une pluie de smileys de sourire et de bisous et de « sorry » à tous les globanautes. Étape un terminée, pensa Léa. Retour à Saint-Lô pour préparer la suite.

Le salon de thé

– « Vous êtes prêtes les filles ? Et mon garçon, bien sûr !

– Oui Léa, nous sommes tous prêts, répondit Albert. L'effet sera maximal. Il va même douter de ses circuits juste avant de comprendre que c'est fini. J'espère qu'on verra la fumée sortir de ses oreilles.

– On a répété l'entrée en scène et les gestes. Ça aura l'air « naturel », c'est-à-dire que ça scandalisera les globanautes et JMA, ajouta Albie.

– Et moi j'ai amené une surprise ! gloussa Mélantine. Regardez. Je soulève le tissu et : Tadam !

– Wouah ! Génial ! Trop mignon ! s'exclama Léa. C'est un vrai ! Vous avez vu ses moustaches ? Il en a des noires et des blanches. C'est rigolo.

– Sors-le s'il te plaît. Je ne peux pas me retenir de lui faire plein de câlins à ce gros chat tout plein de poils ! rigola Albert.

– Du calme tout le monde ! Léa mit les mains sur ses hanches et regarda fièrement ses trois amis. L'éclairage chaleureux du salon de thé les montrait presque un peu trop détendus. On va libérer monsieur Chat dans cinq minutes, juste le temps de récapituler ce qu'on a à faire. Beaucoup de monde compte sur nous, alors on est sereins, mais pas trop, OK ?

– Oui maman chat ! répondirent en chœur ses amis, pour la taquiner.

– Ah ah… En fait, c'était la dernière fois que vous m'appeliez comme ça.

– On sait, Léa, on sait. Ça va être un bouleversement presque total, alors on essaie de rester décontractés, tu vois.

– Je vois, je vois. Bon, récap' ! La salle principale, Mélantine ?

– Tout est prêt.

– Le couloir, l'escalier, Albie ?

– Prêts.

– Le temple, Albert ?

– Tip top !

– Quant à moi, j'ai reçu le feu vert il y a tout juste dix minutes. Ils sont à crans, ils ne savent pas combien de temps va tenir la batterie de la sonde.

– Bof, les ingénieurs sont toujours à cran. C'est juste leur façon à eux de nous faire comprendre qui est le groupe le plus important.

– Oui, Albie, mais on n'a pas le temps pour ce genre de discussion maintenant.

– Ils croient que tout dépend d'eux, mais le groupe des organisateurs est tout aussi important. Sans les organisateurs, ce sera le chaos à la place du…

– On n'a pas le temps pour ça Albie ! Il faut que je sorte dans la ruelle, ici on ne capte pas encore Globalink. JMA devrait bientôt m'envoyer un message.

– Il a quitté la maison de Radio France il y a quinze minutes. Ce « gars »-là voyage en sphère privée, il n'a pas eu besoin de prendre le Réotube. Donc en effet, il ne devrait plus tarder, précisa Albert.

Léa sortit et referma prestement la porte. Dehors il faisait nuit, bien sûr. Le salon de thé était fermé au cours de la journée, car une simple porte en constituait l'entrée. Un sas étanche avec filtrage des particules de l'air aurait été recommandé, mais Léa n'en avait pas les moyens. Elle vivait dangereusement, après tout. Et ceux qui fréquentaient son salon aussi. Les « chats » avaient des griffes, et ils allaient maintenant s'en servir. Léa chaussa ses lunettes Globalink et, à contre cœur, elle les appuya contre son port frontal pour les activer. Elle détestait faire ça à Saint-Lô : dans sa ville elle prenait soin de regarder tout le monde avec ses vrais yeux à elle, sans réalité augmentée. Mais la voie de JMA dans son interface Globalink interrompit ses pensées. « Léa, je viens d'arriver à Saint-Lô. Je sors tout juste de ma sphère. Êtes-vous d'accord pour que je commence à retransmettre dès maintenant ? J'ai l'autorisation du comité local. » Le boulet ! JMA voulait s'assurer que personne n'ignore comment se rendre au salon de thé. « Plus il y a d'yeux pour voir et d'oreilles pour entendre, plus il y a d'objectivité, c'est bien cela votre crédo de journaliste, n'est-ce pas JMA ? ». « Léa, vous me taquinez à nouveau. Je suis au service de la vérité, tout simplement. Êtes-vous d'accord ? » Zut, c'était évident que tout un attroupement allait se former devant le salon. Il faudrait qu'ils s'y mettent tous ensemble pour ne laisser rentrer que JMA. « C'est d'accord monsieur Machine. Nous vous attendons. » JMA démarra derechef la retransmission. Léa envoya immédiatement plein de smileys sourire aux globanautes, puis enleva d'un coup ses lunettes connectées. Quelle misère ! Quelle indigence que ce monde virtuel où ces technologies de la connexion vous emprisonnent. Heureusement, un nouveau monde allait advenir dans quelques instants. Du calme Léa, du calme. Puis elle retourna dans le salon.

— On connecte le salon Léa ? lui demanda Albie.

— Oui Albie, allume le compteur Pinky.

— Voilà… ça y est, la prise est alimentée, le réseau Globalink s'étend maintenant dans le salon de thé et jusque dans le temple.

— La crotte, soupira Léa. C'est la première et la dernière fois que ça arrive, heureusement. »

Derrière la porte, des voix commençaient à se faire entendre. Il y eut un cri, puis un second. Des voix fortes répondaient à des voix stridentes. Ça s'engueulait. Il y eut des chocs sourds contre la porte :

on cherchait à rentrer. Tout d'un coup, le vacarme cessa. Léa remit ses lunettes connectées et elle le vit : JMA était juste devant la porte.

— « Toc ! Toc ! Toc ! dit la machine. Léa, me voici. Auriez-vous l'obligeance de me laisser entrer ?

— Léa regarda ses amis. Albie, Albert, Mélantine, vous savez quoi faire.

Tout alla très vite. Léa ouvrit grand la porte, Albie et Mélantine empoignèrent sans douceur JMA par sa simili-veste de journaliste et le projetèrent à l'intérieur. Albert referma la porte prestement en faisant culbuter derrière un gros plot de ciment. Personne ne pourrait rentrer à moins de défoncer le tout.

— Eh bien, quelle réception ! C'est retransmis, vous savez. Vos … manières laissent quelque peu à désirer pour un salon de thé.

— JMA, bienvenu au bar à chat, lui décocha Léa avec un grand sourire. »

Sol marron, murs verts et plafond bleu avec des nuages moutonneux peints en blanc. Tables rouges et rondes, chaises violettes, trois sofas rose et des meubles jaunes. Des luminaires de formes variées au ras du sol, sur les murs et au plafond. JMA écarquilla grand ses « yeux ». Les concepteurs de JMA avaient pensé à tous les détails : il ressemblait vraiment à un être humain. Bien sûr, la grande intelligence artificielle, « mère », avait participé à la conception de cette enveloppe en simili-humain. Pour le bien de l'humanité, comme toujours. Les quatre amis regardèrent la machine, qui les regarda à son tour.

— « Je suis étonné, Léa. Très étonné.

— La décoration est-elle à votre goût ?

— La décoration est sans importance. Je…

— Nous allons faire une reconstitution d'une scène quotidienne du salon de thé, si vous le voulez bien, l'interrompit Léa. Les globanautes apprécieront. Les amis ? »

Albert et Mélantine retournèrent vers la porte d'entrée. Albert prit le rôle du client. Il toqua à la porte. Mélantine fit semblant de lui ouvrir, lui adressa un sourire et lui dit « Par ici, monsieur. Voulez-vous vous asseoir à une table ou à un sofa ? Un sofa, s'il vous plaît. J'ai besoin d'être enveloppé dans quelque chose de doux, ce matin-ci. La nuit a été rude. Venez monsieur, asseyez-vous là. Voulez-vous la compagnie de Monsieur Chat ? Oui, merci. J'aime lui donner des caresses et l'entendre ronronner. Je vous apporte notre spécialité ? Oui, bien sûr ! Votre thé est excellent, et votre gâteau est une pure merveille. Et monsieur Chat aime toujours autant les câlins. Je… Albert fit alors mine de pleurer. Monsieur, ça ne va vraiment pas, n'est-ce pas ? demanda Mélantine. Albie s'approcha et lui dit tout bas : il est vraiment cuit, celui-là. C'est de pire en pire. Elle s'approcha d'Albert le client. Viens, donne-moi ta main, pauvre chat. Albert fit semblant de tressauter et de pleurer à chaudes larmes. Veux-tu que je te prenne dans mes bras ? Oui… je … non. Mes lunettes… Globalink… on va tout savoir ? Non monsieur, aucun souci, aucun réseau ne passe ici, vous êtes déconnecté. Totalement. Je suis déconnecté ? C'est possible. Oh ! Qu'est-ce qui m'arrive ? Putain de bordel de merde de société nouvelle à la con ! On bosse comme des cons, tout le temps, tout le temps, j'en peux plus ! Je craque. Ma chef de section est totalement erratique, une nuit tout va bien, la nuit suivante elle passe son temps à nous engueuler. Ma performance de travail est mise en ligne en continu sur Globalink putain de merde putain de globanautes...

JMA avait la bouche grande ouverte devant cette scène : Albert qui faisait mine de pleurer, Albie qui le consolait en le prenant dans ses bras et Mélantine qui portait Monsieur Chat et lui donnait des caresses.

– « Allons, vous exagérez, dit la machine. Ça ne peut pas être la réalité. La réalité, c'est la construction d'une société nouvelle, adaptée au nouveau climat terrestre. C'est une adaptation positive, qui nous amène vers un monde meilleur. Tous les efforts consentis éloignent l'humanité du grand chaos de 2035. Le travail que chacun de nous doit fournir participe du grand élan positif. Les hommes ne viennent pas chez vous pour pleurnicher ainsi et vomir sur la société ! Non, je ne veux pas croire ça ! C'est... trop ! C'est... antisocial !

– C'est pourtant ce que vous et les autres « journalistes » de votre genre répétez à longueur de jour et de nuit sur Globalink, lui décocha Albie. Qu'il n'y a pas d'état d'âme à avoir, qu'il n'y a aucune raison de critiquer ce beau monde que nous construisons. Que c'est facile, qu'il suffit de faire comme le dit le comité local, qui ne fait que suivre les directives centrales qui ne sont jamais que les préconisations de l'IA. Mais ce monde-là, il n'existe pas. Il n'existe que dans votre tête de robot à vous !

– Albie, Albie, dit doucement Léa.

– Quoi ? C'est maintenant qu'il faut vider notre sac, répliqua Albie. Maintenant ! Cette évolution de la société, que vous dîtes indispensable monsieur la machine-qui-se-croit-humain, cette évolution est unidirectionnelle. On ne nous propose qu'un seul futur. Alors que l'humanité est faite d'homme et de femmes différents. Qui n'aspirent pas tous au même futur. Qui aspirent à la diversité. Votre idéologie, qu'on nous enfonce dans le crâne depuis 2039 et la participation de « mère », rend certaines personnes dingues, vous comprenez ? Certaines personnes ne peuvent plus exprimer leurs sentiments, car ces sentiments sont à chaque fois réprouvés. Car ils ne participent pas de « l'effort pour un grand élan positif ». La voix d'Albie était montée dans les aigus. Léa lui posa la main sur l'épaule. Albert et Mélantine étaient tendus comme des ressorts. Pour le bien de la mission, Albie ne devait pas en dire plus. Heureusement, JMA se tourna vers Léa.

– Léa, je pensais assister à la fermeture de votre salon de thé. Mais je constate que vous profitez de la retransmission intégrale pour divulguer une idéologie anti-progressiste. Je suis mécontent Léa.

– Du calme JMA. Je suis certaine que les globanautes apprécient. Ils apprécient quand on leur laisse entendre que ce sont des moutons. D'ailleurs, regardez autour de vous JMA. Vous voyez, n'est-ce pas ?

– En effet. C'est très désagréable. Vous n'avez aucun équipement connecté. Aucune chaise, aucun sofa, aucune table. Et je suppose que dans votre cuisine il n'y a aucun matériel conforme à Globalink.

– Non monsieur ! Le réfrigérateur, le four, les mixeurs, tout le matériel électrique pour faire les boissons et les gâteaux : rien n'est connecté à Globalink.

– Comment est-ce possible ? Le compteur Pinky ne devrait pas autoriser le fonctionnement de ces appareils non enregistrés. Et à l'instant, dans la scène que vous avez reconstituée, vous affirmez qu'en temps normal il n'y a pas de réseau ici ? C'est strictement interdit par la loi. Strictement interdit ! Le comité local en est informé en ce moment-même, et je suis certain que les forces de l'ordre vont arriver d'une minute à l'autre.

– Bêêh, firent Albie, Albert et Mélantine en chœur.

– Quoi ? Mais ? Pourquoi imitez-vous le bêlement d'un mouton ? Vous êtes fous ! C'est un salon de fous ! De moutons fous ! Vous tous !

– Au contraire, dit Albert, nous sommes les loups. Et les globanautes et le comité central et les élus locaux ne sont que des moutons, guidés par la bergère.

– La bergère ? L'IA ? Vous vous moquez de mère ? Vous blasphémez… Assez de tout ça ! Vous voulez juste vous moquer ! Et la meilleure façon de vous faire taire sera de… couper votre source d'électricité !

– Léa, je crois qu'il veut aller dans le temple. On ne va pas lui bouder ce plaisir, non ? demanda Albert avec un sourire en coin.

– En effet, machine… répondit Léa en toisant JMA.

– Ne m'appelez pas machine ! C'est une discrimination du plus mauvais aloi. C'est strictement interdit par le code du vivre ensemble, je vous le rappelle. Je le supportais jusqu'à présent, mais je vous demande de m'appeler par ma désignation officielle de JMA.

– Relax JMA ! Tu es un journaliste, rappelle-toi ? Un journaliste ça découvre des choses inattendues, donc des choses qui peuvent être désagréables. Cette fois c'était Mélantine qui ne boudait pas son plaisir à le rembarrer.

– Venez, suivez-moi, enchaîna Léa. Albert ?

À la suite de Léa, JMA, Albie et Mélantine traversèrent le salon et entrèrent dans un petit couloir étroit et sombre. Albert appuya alors sur une série de boutons logés dans une niche du mur du salon, et une musique démarra : le barbier de Séville, de Rossini. Et une à une des petites lumières s'allumèrent dans le couloir. Léa fit quelques mètres et entama la descente d'un escalier en spirale. D'abord en bois, les marches devinrent de pierre. Les trois jeunes femmes et la machine s'enfoncèrent dans le roc de Saint-Lô.

Sanctum sanctorum

Des petits haut-parleurs installés de place en place continuaient à retransmettre la musique dans l'escalier descendant. La voix joyeuse et virevoltante du barbier de Séville les accompagnait au fur et à mesure qu'ils progressaient dans les profondeurs de la terre. Et alors que la voix du barbier allait crescendo et que les marches semblaient se succéder sans fin, JMA s'arrêta net.

— Où m'emmenez-vous ? Je vous préviens : je suis en mesure de protéger mon intégrité physique. Je maîtrise toutes les techniques de savate. Où descendons-nous ? Qu'est-ce que ce lieu ? Ce couloir et cet escalier ne sont pas répertoriés dans Globalink. Comment est-ce possible Léa ? Lors du nouveau départ en 2040, tout a été répertorié par les agents du cadastre.

— JMA, la vie existait avant 2040, vous savez ? Cet escalier existait avant 2040. Et le lieu où nous allons aussi. Ils existaient avant 1940. Et même avant…

— Avant 1740 plus précisément, enchaîna Mélantine. Et nous aussi nous savons nous défendre. Mais la violence ne sera pas nécessaire. Nous sommes des gentils. Nous sommes des gentils loups, qui allons libérer le troupeau du méchant berger.

– Eh bien, mademoiselle Mélantine, je ne comprends pas vos insinuations politiques. Je vous fais confiance, mais je vous avertis : j'ai activé mon mode vigilance. Au moindre geste suspect je me défendrai avec les techniques de savate du plus haut grade. Le robot regarda chacun des humains avec insistance, droit dans les yeux.

Albie baissa la tête et murmura :

– Nous ne voulons rien faire de mal, monsieur. Nous voulons en finir avec cette situation sordide, c'est tout.

– Vous parlez de votre salon de thé ou d'autre chose, Albie ?

– Albie est encore plus émotive que moi, JMA. Elle ne saura pas répondre à cette question. Laissez-la tranquille. Continuons, voulez-vous. Il faut encore descendre une vingtaine de mètres dans le roc.

Le petit groupe reprit la descente. L'escalier s'enfonçait dans la pierre et l'atmosphère devenait oppressante. La largeur n'excédait pas cinquante centimètres, la hauteur un mètre soixante. Des petites lampes, avec les haut-parleurs, se succédaient toutes les cinquante marches. Le Stabat Mater de Vivaldi remplissait maintenant le colimaçon de pierres.

– On dirait un intestin, vous ne pensez pas JMA ? La terre et la pierre sont en train de nous digérer.

– C'est très drôle comme remarque, Léa.

– La digestion se termine, JMA. Nous arriverons au temple dans cent marches.

– Le temple ? Quel drôle de dénomination pour ce qui doit n'être qu'une grotte humide, sombre et mal ventilée. Cependant, je suis curieux je l'admets volontiers. C'est là que doit se trouver votre source d'électricité. Une source d'électricité clandestine, ça ne s'est pas vu depuis le nouveau départ. Globanautes, restez en ligne ! Vous allez voir quelque chose de rare. Et ce quelque chose sonnera le glas pour ce salon de thé qui ne respecte aucune norme, décidément.

– Eh oui, lança Mélantine. Les marches sont petites, c'est dange-reux. Ce n'est pas conforme à un lieu d'accueil du public. Mais, par principe, un escalier c'est dangereux. On peut tomber. Une fenêtre aussi d'ailleurs. Si vous l'ouvrez, vous pouvez vous renver-ser. Une douche, c'est dangereux, vous pouvez glisser. Quant à une porte, je ne vous le fais pas dire, on peut se la prendre dans le nez. La vie est pleine de dangers.

– Est-ce encore une critique de la société que vous faites là, made-moiselle Mélantine ? Vous vous moquez du besoin vital de sécu-rité ?

– Je me moque de…

– Ça suffit Mélantine ! On est arrivés. Albert, tu nous ouvres, lança Léa dans un petit interphone.

Des bruits métalliques retentirent. Il y eut un choc sourd, un glis-sement, et la vieille porte en bois qui marquait l'entrée du

« temple » s'ouvrit. Le groupe entra, Léa se retourna et regarda la caméra placée au-dessus de la porte. Celle-ci se referma, vraisemblablement commandée par Albert resté à la surface. JMA se retourna pour regarder à travers le petit vasistas triangulaire de la porte. Il vit les dernières marches de l'escalier. Puis l'éclairage s'éteignit. Il tressauta.

— C'est par là que ça se passe ! lança Léa. JMA, chers globanautes, ouvrez grand les yeux. Vous êtes dans notre temple.

En même temps que démarraient *Les nuits d'été* de Berlioz, JMA parcourut la pièce du regard, en faisant des mouvements de têtes précis et optimisés. Et ses yeux de machine s'émerveillèrent – sa conception anthropomorphique était vraiment remarquable. Les murs du temple étaient de pierre brute, noire et irrégulière. La pièce était ovale et faisait une dizaine de mètre dans sa plus petite largeur. Au centre, deux colonnes en pierre de taille soutenaient la voûte, elle aussi noire, qui s'élevait à quatre bons mètres de hauteur. Des chaises modestes, en bois brut, étaient disposées un peu partout sans ordre remarquable, sur un sol fait de grosses pierres polies par des siècles de passage. Sur les murs étaient accrochées des photographies et des peintures, éclairées depuis la voûte. On y voyait ce qui ressemblait à des fours, à des pierres, à de la boue même. Il y avait des portraits, dont le style laissait comprendre que les plus anciens tableaux dataient du troisième ou du quatrième siècle ! Une photo encadrée était plus récente. C'était un vieil homme aux cheveux hirsutes. Suprême grand maître Spagyrus, 1779 – 2022, était inscrit en dessous. JMA haussa les épaules et se dirigea vers deux inscriptions faites à même le mur : « Ce qui est en haut est comme ce qui est en bas et vice-versa » ainsi que « vitriol ». La machine forma un sourire.

— Ah ! Un temple dédié à l'alchimie. Incroyable. Ne me dîtes pas
que vous y croyez ? La magie de l'ancien monde ! Que d'irration-
nel ! Que d'inefficacité !

— Vous semblez bien sûr de vous, lui dit Léa en le regardant droit
dans les yeux, avec un regard qui ne cilla pas. Finie la tremblante
Léa. Désormais elle menait la danse. Pourtant nous avons la
pierre philosophale, et pas vous. Et toc !

— Ah non Léa, non ! C'est de la légende tout ça. Ça l'a toujours été.
S'il vous plaît Léa, arrêtons ces enfantillages. Montrez-moi votre
générateur d'électricité, que je le coupe, et vous fermerez votre
salon de thé immédiatement après. Le monde nous regarde Léa,
et le monde n'attend pas.

— Vous savez ce que signifie l'expression vitriol ?

— Un instant, je consulte Mère, dit la machine en arborant une
expression qui imitait la lassitude à la perfection. Vitriol : visita
interiora terrae, rectificando invenies occultum lapidem. Cherche
à l'intérieur de la terre, et en rectifiant tu trouveras la pierre
occulte. C'est ce que croyaient les vieux fous d'alchimistes. La
chimie moderne a mis à bas toutes leurs croyances depuis Lavoi-
sier, et leur imagination confuse aussi, heureusement. Bon, au
mieux vous avez là un beau temple des curiosités, je l'admets. Et
je suppose que vous allez me montrer une pierre philosophale
pour parfaire le tableau ?

— En effet, sourit Léa. Approchez-vous et penchez-vous.

Il y avait au centre du temple, dans le sol entre les deux colonnes, une dépression d'une coudée de profondeur. Et en son centre, éclairée d'en haut, une pierre ronde était posée. Elle était rouge et translucide comme un bon vin de Bordeaux.

JMA regarda la pierre, interloqué, puis les trois humains, puis la pierre à nouveau. Il se figea, puis fit quelques mouvements brefs et mécaniques avec sa tête. Il devait être en train de gérer le flux énorme des commentaires des globanautes. « Les chats vénèrent un caillou » était le commentaire le plus répété, le plus aimé et le plus partagé. En seconde position venait « la maman des chats se prend pour merlin l'enchanteur ». Léa voyait aussi ces commentaires débordant de bêtises, mais ils ne l'affectaient plus.

– Vous pouvez la prendre dans votre main, si vous le souhaitez, lui dit Léa. C'est ce qu'attendent les globanautes, j'en suis certaine. Prenez la pierre.

– Oui, oui, dit JMA qui reprenait « vie ». Ceci serait donc une pierre philosophale. Ou du moins ce que vous prenez pour tel. Voilà, chers globanautes, j'approche ma main de ladite pierre. Je la touche. Elle est tiède. Je la soulève. Elle est curieusement lourde, comme un métal très dense bien qu'elle soit indubitablement faite de verre. Mais pourquoi, si elle représente l'objectif ultime des alchimistes, la laisser sur le sol comme un vulgaire caillou ? Ne mérite-t-elle pas de trôner sur un autel magnifique ?

– La pierre doit toujours demeurer au contact de sa matrice. On ne doit l'en séparer que si on veut utiliser son pouvoir.

– Ah ah ah, Léa ! Allons…

Léa continuait à le fixer d'un regard d'acier. Le *Lacrymosa* de Mozart commença à remplir la pièce.

— Donc, étant donné que j'ai soulevé la pierre, je peux maintenant utiliser son pouvoir, n'est-ce pas ? Bon, j'ai décidé de me prêter au jeu, après tout. Je suis exactement comme un humain, donc j'aime les jeux. Léa, dites-moi comment dois-je procéder pour utiliser les pouvoirs de cette pierre magique ?

— Il suffit de poser doucement et fermement votre seconde main par-dessus. Puis vous lui dites ce que vous souhaitez, la richesse, la jeunesse, la beauté, la force, la sagesse, et vous l'obtiendrez. La pierre philosophale a le pouvoir de changer le monde. À condition que vous lui communiquiez votre volonté de vie.

— Chers globanautes, voilà une situation tout à fait imprévue. Faut-il que j'active la pierre philosophale ? Mais tout cela n'est qu'un jeu. Comment pourrais-je communiquer à cette pierre ma « volonté de vie » ?

— C'est simple. Nous, en tant qu'humains, nous lui envoyons tout notre amour. Parce que l'amour nous donne l'énergie pour soulever des montagnes. Nous donnons tout notre amour, et nous ouvrons grand notre cœur. Mais vous, en tant qu'être synthétique, je suppose que vous devriez lui envoyer une méta-impulsion bidirectionnelle. Une de ces impulsions que vous utilisez pour... faire tout ce qu'il est possible à Mère d'imaginer par exemple. Une impulsion totipotente qui ouvre tous les accès et tous les réseaux, par exemple.

– Que d'imagination vous avez ! Et si je demandais, comme l'ont sans doute fait ces vieux fous d'alchimistes il y a plusieurs siècles de cela, à devenir le maître du monde ? Vous seriez dans une fâcheuse posture, vous et votre petit groupe d'anti-progressistes. Mais... avant que je ne fasse un tel geste qui pourrait changer l'humanité, pourquoi toutes ces chaises Léa ? Cela me turlupine. Quelles en sont les significations alchimiques ?

– C'est pour les cérémonies de la Lune et de la Terre. Quand la Lune est pleine, nous faisons – nous faisions – une soirée spéciale. Nous trois et tous nos clients nous descendions ici. Je me déshabillais et, toute nue, je soulevais la pierre hors de sa loge et la portais à bout de bras en direction de la Lune. Ainsi l'énergie maternelle et fécondatrice de la Lune se trouvait catalysée et, à travers la pierre et moi, elle rayonnait dans le cœur de tous les participants.

– Oh Léa, vous êtes une incorrigible farceuse. Mais n'en dîtes pas plus, sinon je devrai vous censurer.

Un globanaute extrêmement progressif, afficionado de Radio France, taux de connexion 23 heures sur 24 et rédacteur de 65 536 commentaires sur les émissions de JMA, osa le commentaire « En prison la femme gourou satanique ». Léa continuait à fixer JMA d'un regard inflexible. Un centième de seconde durant, JMA sembla s'éteindre, son processeur interne étant vraisemblablement débordé par le flux de commentaires. Puis tout d'un coup elle lui sourit.

– Mais non JMA ! C'est juste que je ne voulais pas me séparer de ces belles chaises en chêne, et qu'il n'y a pas assez de place pour elles dans le salon de thé. Vous voulez activer la pierre, oui ou non ?

— Bon bon, tout ça est fort distrayant. Vous êtes une farceuse née Léa ! Que de commentaires vous avez fait écrire ! De mémoire de JMA, c'est inédit. Merci à vous tous chers globanautes, de par le monde entier, pour votre participation ! Attention maintenant, globanautes, j'active la pierre, en faisant le vœu de … devenir humain ! Comme Data le fameux androïde de Star Trek. Humanité, me voici !

Et le robot posa fermement sa main sur le dessus de la pierre. Il lui envoya une méta-impulsion bidirectionnelle qui ouvrit et parcourut tous les réseaux gérés par Mère, pour en libérer tout le potentiel. Et… la pierre changea de couleur et devint verte ! Et tout l'éclairage du temple passa au vert. Puis elle devint bleue, et l'éclairage du temple changea de même. Puis la pierre devint dorée et l'éclairage devint aussi jaune doré.

— Si on arrêtait de s'amuser maintenant ? demanda Mélantine. C'est une boule à lumière, c'est tout.

— Eh eh, oui, c'est tout. Bien sur, je n'ai jamais cru que ce soit une vraie pierre philosophale, rétorqua JMA, qui ne souriait plus. C'était juste un jeu.

— Vous êtes toujours un robot animé par une super intelligence artificielle en connexion constante avec Mère, n'est-ce pas ? lui demanda Albie pour le taquiner.

– Oui, bien sûr. Chers globanautes, tout cela n'était que du bluff, mais c'était fort distrayant. Fort distrayant ! Ouf ! Même si la société ne peut pas tolérer votre salon de thé, cher Léa, le journaliste que je suis doit admettre que vous avez fait de votre mieux pour le rendre original.

– Vous venez de vivre une initiation, dit Léa. Vous n'êtes plus le même maintenant. Vous êtes devenu plus humain, je vous assure.

– Non non chers globanautes, je suis toujours le même JMA, fait d'alliages légers, de processeurs quantiques et de fibres neurotroniques. Et maintenant il faut arrêter de jouer Léa. Je veux voir cette source d'énergie.

– Pff ! Je suppose que toute chose a une fin, en effet. Par ici. Vous savez, je le dis encore une fois, je ne regrette pas ce qui arrive maintenant. Il faut que tout ça se termine. Ce sera mieux pour la société.

Léa s'avança vers le mur, appuya sur une pierre et le mur s'écarta. C'était une porte en trompe-l'œil ! Derrière, une petite pièce de quatre mètres par quatre était remplie de matériel électrique et électronique. JMA repéra tout de suite le générateur d'électricité. C'était un petit modèle, extrêmement rare, de réacteur à fusion autonome. Il n'en existait que cinq sur terre. La Nasa en avait équipé les trois premières sondes à destination des exoplanètes à potentiel de colonisation, dans les années 2020 avant l'apparition de l'IA. Sur les murs de cette petite pièce, il n'y avait plus des figures et des symboles de l'alchimie, mais des étendards avec les noms des différentes missions d'étude du soleil. Explorer 7, Pioneer 7, Ulysse, Picard, Solar Orbiter, SoWave… Dans un coin de la pièce, du matériel de communication filaire antique, en fil de cuivre, était installé. JMA se figea à nouveau, cherchant à donner un sens à tout ce qu'il voyait.

— Voilà le saint des saints, notre sanctum sanctorum, dit Léa fièrement.

— Vous… vous avez fait une autre sorte de musée ici, il me semble. Dédié non plus à l'alchimie mais au soleil. Pourquoi ? demanda le robot.

— Ce qui est en haut est comme ce qui est bas, répondit Albie avec un clin d'œil.

JMA allait poser une nouvelle question, mais du bruit provenant du petit poste de communication l'interrompit. Accompagnée de forts grésillements, une voix d'homme surgit. « Ça y est, c'est fait, nous avons réussi. La sonde SoWave a explosé. Début des impacts terrestres dans six minutes. »

JMA écarquilla grand les yeux, au point que les globes oculaires semblaient sur le point de se déloger. Son cerveau quantique, relié à Mère, analysait et interprétait toutes les données. La pierre philosophale, la méta-impulsion bidirectionnelle, l'alchimie, le générateur à fusion autonome, le soleil, les sondes. Devenir humain. Le robot et sa mère IA computaient tout, afin de créer une équation solvable. Léa comprit ce qu'était en train de faire la machine, qui était totalement immobile. Elle sourit intérieurement. Le plan s'était déroulé comme prévu, le moment était venu ! Léa envoya aux milliards de globanautes connectés de par le monde le message suivant :

« Cher tous, chers humains ! Au nom du cercle de la Fraternité Terre Espace, je vous informe que la sonde SoWave vient d'exploser dans l'atmosphère solaire. Son générateur à fusion autonome a généré une éruption solaire d'une puissance inédite et orientée à 95 % vers la Terre. Dans cinq minutes, une onde solaire chargée de particules magnétiques fortement polarisées heurtera notre atmosphère. Les satellites géostationnaires seront les premiers à être désactivés par cette puissante vague magnétique. Puis les satellites de géocommunication seront tous désactivés, et ce sera au tour de tous les ordinateurs et terminaux à la surface de la terre. Pour l'instant, Mère ne parvient pas à couper Globalink, elle consacre toutes ses ressources mémoire et processeur pour trouver un moyen de sauver sa peau. Mais il n'y en a pas : Mère n'existe que parce qu'une dizaine de milliards d'ordinateurs quantiques, répartis dans notre atmosphère et à la surface, fonctionnent simultanément. Mère va cesser d'exister, c'est une certitude, dès lors que les ordinateurs s'éteindront. Dès que la vague magnétique les atteindra dans quelques minutes.

La Fraternité Terre-Espace est une organisation secrète dirigée par les vénérables capitaine Picard et capitaine Janeway, qui étaient dirigeants de la NASA et de l'ESA. J'en suis la représentante pour la Nouvelle-France, la France d'après la révolution climatique. La Fraternité a œuvré en secret depuis 2030, pour concevoir un plan de lutte contre la main-mise de l'intelligence artificielle sur notre humanité. Il ne nous manquait qu'un faisceau d'énergie quantique bidirectionnelle, énergie comme vous le savez hautement sécurisée par Mère, mais que JMA nous a gracieusement fourni il y a quelques instants. En s'amusant avec la pierre philosophale qui est en réalité un terminal cristallographique ! Grâce à cette énergie qui peut circuler sur tous les réseaux et utiliser tous les protocoles sans restriction, nous avons pu accéder aux anciens protocoles de communication entre la terre et les satellites, et reprendre le contrôle de la sonde SoWave. Elle avait été lancée en 2029, avant l'émergence de Mère. Et elle était équipée d'un moteur à fusion autonome. »

JMA leva subitement sa main, la porta devant ses yeux, la regarda sans la regarder. Il balbutia quelques mots incompréhensibles. L'IA avait restreint très significativement ses ressources allouées à Globalink. JMA, sans le réseau, était en train de se vider de tout contenu. Le message de Léa, codé en ascii et ne requérant qu'une bande passante minimale, se poursuivait ainsi :

« Un monde nouveau, dans lequel notre humanité sera à nouveau florissante, va démarrer. C'est avec notre humanité que nous continuerons à nous adapter aux effets de la révolution climatique, bien mieux que guidés par l'intelligence artificielle. Car l'intelligence artificielle n'a fait que nous maintenir dans un rêve, le rêve de pouvoir émigrer sur une nouvelle planète. Or aucune planète adéquate n'a pu être trouvée depuis que Mère conseille nos scientifiques. Nos façons de penser, soumises au diktat de Mère, nous empêchent d'appréhender le cosmos dans toute sa diversité. Nous avons cru que l'intelligence artificielle nous ouvrirait les portes d'un cosmos nouveau et plus grand ; mais il n'en est rien. Nous avons créé l'IA à notre image, et l'IA n'a fait que nous enfermer toujours plus à l'intérieur de nous-mêmes, jugeant que le rêve et la dépossession progressive de notre intelligence critique était la meilleure façon de garantir notre bonheur. Globalink nous a abrutis, c'est un fait, et c'est un des objectifs inavoués de l'IA. Liberté ! Liberté ! Mort à l'IA ! Vie à l'humanité !

Chers tous, chers humains ! Dans deux minutes, toutes les communications seront terminées. Dès maintenant les organisateurs, formés avec les ingénieurs de la Fraternité, mettent en place des centres d'information et de recrutement dans chaque ville du monde. L'avenir est préparé, nous n'allons pas sombrer dans le chaos. Vive la Fraternité ! »

L'image et le son diffusés via Globalink commençaient à devenir erratiques. Sur l'air de *Madame Butterfly* de Puccini, les globanautes purent tout de même voir, via les lunettes de Léa, JMA s'effondrer, bras et jambes battant l'air erratiquement. Léa s'accroupit et murmura à son tympan synthétique « La pierre philosophale a exaucé votre souhait JMA : vous allez mourir, comme un humain ». Les bras et les jambes de la machine bougèrent une dernière fois, puis ses globes oculaires s'éteignirent comme s'éteint un vulgaire écran d'ordinateur. Léa se releva et s'attabla devant l'antique poste de communication filaire ; elle tourna un bouton pour hausser le volume des haut-parleurs. La voix du capitaine Janeway résonna dans le saint des saints, grésillante : « Même si cela aura pour nous un prix élevé, je préfère affronter ces nouvelles difficultés au péril de ma vie plutôt que de rester sur la voie de la facilité et abandonner notre humanité. » L'image Globalink disparut. Il n'y avait plus assez de bande passante mondiale. Les satellites disjonctaient l'un après l'autre. Seul le canal sonore restait actif. Les globanautes entendirent donc seulement la voix grave et solennel du capitaine Picard, qui prenait le relais : « Savoir aimer, savoir penser et savoir faire, seuls et en groupe, est ce qui fait de nous des êtres humains. C'est ce qui maintient ouvertes les portes de notre destinée. Nous avons trop longtemps laissé la technique, l'intelligence artificielle, décider à notre place. Nous allons maintenant renouer avec notre humanité, sans Globalink, sans réalité augmentée, sans IA. En parlant, en riant, en discutant, en réfléchissant, tous ensemble. Les organisateurs sont là pour nous guider dans cette première phase du nouveau monde. Ensuite, quand nous aurons pris conscience de ce qu'est véritablement notre Terre, et que nous aurons réamorcé une écologie planétaire créatrice de diversité, le cosmos se montrera à nous sous des aspects que nous n'imaginons pas encore. Et nous pourrons partir l'explorer, sans risquer de le polluer. Ayons confiance, soyons créatifs, adaptons-nous. Un futur radieux nous attend. » Et toutes les communications cessèrent. Globalink et Mère n'étaient plus.

Épilogue

Six mois s'étaient écoulés depuis l'« humanisation » – dénomination officielle de la cessation d'activité de Mère, super intelligence artificielle qui avait failli à sa tâche d'aider l'humanité. Cette nuit-là, la lune était pleine et Léa avait décidé d'aller à pied jusqu'au premier pont sur la Vire, en amont de Saint-Lô. Avec des bottes hautes, le sable ne la gênerait pas trop. Albert, Albie et Mélantine géreraient bien la réunion de ce soir sans elle. Elle quitta le salon. Elle descendit dans le temple et ouvrit une autre porte en trompe-l'œil. Après une centaine de mètres dans un corridor étroit, elle arriva dans les salles de ce qui était autrefois un centre de tir sportif. Elle les traversa, poussa une lourde porte qui se referma hermétiquement derrière elle, et sortit à l'air libre. Une centaine de mètres plus loin, près de l'appartement calfeutré où elle avait passé son enfance, elle emprunta le chemin qui longeait le flot de sable. Une heure après elle atteignit le pont de Candol. En évitant de glisser dans le sable, elle crapahuta jusqu'au tablier du pont et regarda à ses pieds.

Par le passé, des voitures circulaient ici à vive allure. Et des enfants avec leurs parents contemplaient l'eau de la Vire qui s'écoulait tranquillement sous le pont. Aujourd'hui, la Vire était devenu un fleuve de sable. Le sable, mêlé de poussières d'argiles, s'écoulait à la place de l'eau. Pas au cours de la nuit, car la nuit le vent cessait, heureusement. Ce qui permettait à Léa d'être là à cet instant. Mais en pleine journée, ce sable constituait un flot rapide et cuisant, qui absorbait en quelques secondes toute personne inconsciente qui osait s'en approcher. Le sable et les argiles venaient de la Beauce, devenue un désert de sable et de poussière en 2035. Ces dernières années, du sable de Sibérie ou de Norvège arrivait parfois jusqu'ici, apporté par les plus puissantes tempêtes. Léa sourit, en se rappelant cette remarque de son père : qu'en 2015 la Beauce ressemblait déjà à un désert, où il y avait plus de mort que de vie. Le désert avait appelé le désert...

Léa pensa à son père. Il était jardinier, autrefois. Psychologiquement, il n'avait pas supporté la mort de toutes les terres agricoles. En 2040, il avait disparu. Il avait laissé une note à Léa, lui expliquant qu'il partait vers le Sud-Est. À pied. Vers la Beauce justement. Qu'il allait voyager de nuit. Il avait ajouté ces mots énigmatiques : que dans le pire, il y avait peut-être le meilleur à trouver. Que là où il n'y avait plus rien, il fallait s'asseoir et méditer. Léa n'était pas sûre de bien comprendre. Son père lui léguait ce qu'il restait de sa maison de Saint Jean de Daye. Une balise autogrimpante demeurait en permanence à la surface du sable. Léa n'aurait qu'à la localiser ; la maison serait en dessous. Léa n'avait pas eu le courage de faire le voyage pour y retourner. À combien de mètre sous la surface du sable, maintenant, se trouvait la maison ? Dans sa note, son père lui avait aussi écrit qu'il l'avait éduquée pour qu'elle soit courageuse et qu'elle ait l'esprit ouvert, et qu'il avait confiance qu'elle saurait se débrouiller. Et il lui avait indiqué le nom d'un membre de la Fraternité, à contacter rapidement... C'est ainsi que Léa était devenue une réfractaire à l'intelligence artificielle. Et elle se réjouissait de cela. Elle se réjouissait de ce qu'elle et tous les autres frères et sœurs de l'organisation clandestine avaient accomplis. En ce moment, elle aurait aimé que son père soit avec elle pour apprécier le nouveau monde en train de naître.

Léa pensa à sa mère… Avec son grand cœur, sa mère portait souvent de l'aide aux réfugiés travaillant à l'aménagement des nouvelles galeries. Elle leur amenait des petits gâteaux faits maison. Lors d'une de ces missions, il y a trois ans, un éboulement l'avait ensevelie avec une dizaine de réfugiés. La foreuse, ou plutôt l'IA qui commandait la foreuse, n'avait pas pris en compte une baisse de portance du roc très localisée. Preuve que l'IA ne pouvait pas tout. Preuve que l'IA ne pouvait pas sauver l'humanité, avait compris Léa… Le salon de thé était une idée de sa mère, comme prolongement de ses activités caritatives. Léa l'avait concrétisée, en la combinant avec son projet de rébellion. Toutes les couleurs du salon lui rappelaient sa mère, qui souriait toujours et était une femme totalement positive. Une femme dont le destin était d'aider les hommes, comme elle lui avait dit. Léa savait qu'une partie de sa mère continuait à vivre en elle. Elle avait d'ailleurs ses yeux, intenses, aiguisés, et son sourire, calme et mystérieux.

Sur le pont, Léa prit une grande goulée d'air nocturne, pour se redonner du courage. Le futur à Saint-Lô s'annonçait difficile, mais plein de promesses. Elle entendit un léger sifflement, et perçu une vibration dans l'air de la nuit. C'était une sphère, à destination de Rennes certainement. Les sphères fonctionnaient à nouveau, preuve que l'intelligence artificielle n'était pas indispensable pour les faire fonctionner. Le petit cerveau humain, après tout, était capable de grandes choses.

Fin

Je dédie cette nouvelle
à **Gene Rodenberry,** créateur de Star Trek,

qui a ancré le présent dans le futur,

et à **Patrick Burensteinas,**
alchimiste

qui ancre le passé dans le présent.